UM DEN HÖCHSTEN EINSATZ

VOLLBLUT

Um den höchsten Einsatz

Joanna Campbell

Pony Club

Titel der amerikanischen Originalausgabe:
THOROUGHBRED 9 – Pride's Challenge

Umschlag-Illustration:

Übersetzung: Hans Freundl

Herausgeber und Verlag:
PonyClub, Stabenfeldt GmbH, München
Redaktion und DTP/Satz:
Redaktionsbüro Kramer, Weißenfeld/München
Druck: AIT Falun, Schweden 1999

ISBN 3-933099-36-6

Kapitel 1

„Geschafft!“, rief Samantha McLean, als sie mit Wunders Stolz den Meilenpfosten auf der Reitbahn des Gestüts Whitebrook passierte. Samantha, ein schlankes, etwa einen Meter dreiundsechzig großes Mädchen, hob sich leicht aus dem Sattel von Stolz und reckte triumphierend eine Faust in die Höhe. Ihr dichtes rotes Haar quoll unter dem Reithelm hervor. Mit sechzehn war Samantha schon fast so etwas wie ein Profi, sie trainierte schon seit drei Jahren energiegeladene, ungestüme Vollblutpferde. Sie wusste ohne auf die Uhr sehen zu müssen, dass ihr Timing perfekt gewesen war. Charlie Burke, der etwas bärbeißige alte Trainer von Stolz, würde entzückt sein, und auch Aileen Griffen, der das Pferd zur Hälfte gehörte.

Samantha parierte den großen Fuchs in eine gemächlichere Gangart durch und tätschelte seinen Hals. „Du bist wieder ganz der Alte, Stolz!“, lobte sie ihn aufgeregt. „Du bist absolut in Topform!“ Stolz nickte mit dem eleganten Kopf, so als wolle er Zustimmung signalisieren.

Es war erstaunlich, wie gut Stolz sich nach der Verletzung beim Breeder’s Cup Classic im vergangenen Herbst wieder erholt hatte.

Er war gestolpert, als er aus der Startbox gekommen war, und hatte sich mit dem Hinterhuf das Vorderbein verletzt. Aber viel schlimmer war gewesen, dass Stolz trotzdem ins Rennen gegangen war. Selbst Aileen, die ihn damals ritt, hatte sich täuschen lassen und geglaubt, dass Stolz völlig in Ordnung sei, bis er auf der Geraden zu lahmen anfing und schließlich stehen blieb. Aus einer klaffenden Wunde am Vorderbein war Blut gesickert. Sein Bein musste operiert werden und niemand wusste, ob Stolz jemals wieder Rennen laufen würde. Das war einer der schlimmsten Augenblicke in Samanthas Leben gewesen. Aber jetzt, Anfang Juni, war Stolz soweit wieder anzutreten.

Als Samantha den jungen Hengst wendete, um die Bahn zu verlassen, stellte sie fest, dass Aileen und Charlie nicht die einzigen Zuschauer waren, die das Training beobachtet hatten. An der Bande standen Brad Townsend und Lavinia, die er vor kurzem geheiratet hatte. Sie waren wirklich ein außergewöhnlich attraktives Paar und perfekt gekleidet. Brad war dunkelhaarig und gut aussehend und bildete das ideale Gegenstück zu Lavinia mit ihrem glänzenden blonden Haar. Doch Samantha zuckte instinktiv zusammen, als sie die beiden entdeckte.

Brads Vater gehörte Stolz zur Hälfte und er war auch der Besitzer von Townsend Acres, dem renommierten Gestüt, auf dem Stolz aufgezogen und ausgebildet worden war. Samantha empfand großen Respekt für Clay Townsend, aber nicht für seinen Sohn. Aus früheren leidvollen Erfahrungen wusste sie, dass Brads Auftauchen gewöhnlich Probleme mitbrachte.

Samantha spürte, wie die Freude über die erfolgreiche Arbeit teilweise wieder verflog, als sie in der frühen Morgensonne die Bahn verließ. Sie bemerkte das Stirnrunzeln auf den Gesichtern von Aileen und Charlie und wusste, dass sie das Gleiche dachten wie sie – dass sie sich fragten, was Brad und Lavinia eigentlich hier wollten.

Charlie ignorierte die beiden Besucher, als Samantha auf ihn zugeritten kam und absitzen wollte. Seine alten blauen Augen musterten sorgfältig den jungen Hengst, dann blinzelte er Samantha zu. „Du bist die letzte halbe Meile genau so geritten, wie ich es wollte“, freute er sich. Er schob sich die Mütze aus der Stirn und kniete nieder, um die Schutzbandage um die Vorderbeine von Stolz zu entfernen und sie gründlich zu untersuchen. Er nickte zufrieden. „Sein Bein sieht gut aus. Ich würde meinen, dass er dieses Wochenende beim Nassau County starten kann."

Aileen war ebenfalls zu Stolz getreten und tätschelte ihm liebevoll den Nacken. „Du bist wieder in Bestform, mein Junge!", erklärte sie ihm. „Und das weißt du auch, nicht wahr?" Stolz stupste ihre Schulter leicht mit der Nase an.

Lavinias hochmütige Stimme durchschnitt die Luft, als sie mit Brad sprach. „Ich weiß nicht, wie sie da so sicher sein können. Nach der schlimmen Verletzung, wie soll er da so schnell wieder hundert Prozent fit sein können? Nur weil er im Training ein paar gute Runden hingelegt hat, heißt das doch noch lange nicht, dass er okay ist. Ich verstehe sowieso nicht, warum du und dein Vater überhaupt daran denken, ihn wieder Rennen laufen zu lassen. Vor allem nicht, wo wir doch jetzt Lord Ainsley haben."

Samantha kochte innerlich, als sie sich das anhörte. Wer war Lavinia denn, um das beurteilen zu können? Sie hatte überhaupt keine Ahnung von der Ausbildung von Pferden oder von Pferderennen, dennoch mischte sie sich in alles ein, seit sie Brad im April geheiratet hatte. Sie tat gerade so, als sei sie eine Expertin für Vollblutpferde.

„Es stimmt, dass wir mehr Geld mit ihm verdienen könnten, wenn wir ihn für die Zucht einsetzen würden", gab Brad zu. „Aber mein Vater möchte ihn weiter Rennen laufen lassen. Ich würde mir an deiner Stelle keine Gedanken machen. Stolz hat keine Chance, im Nassau Cup gegen Lord Ainsley zu gewinnen."

Lavinia lächelte bei Brads Worten. Sie hatte Lord Ainsley, ein englisches Vollblut, für einige Millionen gekauft und Brad zur Hochzeit geschenkt. Bis jetzt machte Lord Ainsley seinem Namen alle Ehre und erfüllte die Erwartungen der Townsends. Erst vor zwei Wochen hatte er das Pimlico Special mit beeindruckendem Vorsprung gewonnen. Lavinia hatte keine Gelegenheit ausgelassen, um sich mit diesem Erfolg zu brüsten.

„Ich weiß nicht, warum dein Vater dich nicht mehr Entscheidungen treffen lässt", beschwerte sich Lavinia. „Und wenn er so scharf darauf ist, Stolz wieder Rennen laufen zu lassen, gibt es ja auch noch kleinere Turniere als das Rennen am kommenden Wochenende."

Aileen mischte sich verärgert in die Unterhaltung ein. „Vielleicht haben Sie eine Kleinigkeit vergessen, Lavinia“, betonte sie, „Stolz gehört zur Hälfte mir. Ich habe bei allen Entscheidungen mitzureden und Mr. Townsend und ich sind einer Meinung. Stolz ist fit genug, um wieder zu laufen. Und Sie können verdammt noch mal darauf wetten, dass er Ihrem Pferd einen harten Kampf liefern wird.“

Lavinia schaute mit erhobenen Augenbrauen auf Aileen. „Gut, Stolz hat letztes Jahr zwei der Rennen des Triple Crown gewonnen“, meinte sie, „aber ich halte nicht viel von den Pferden, die er geschlagen hat.“

„Es scheint Ihnen aber sehr gefallen zu haben, mit ihm als Sieger für die Presse posieren zu können“, fauchte Aileen sie an.

„Er lief schließlich in den Rennfarben von Townsend Acres. Natürlich waren wir da.“

„Auch wenn Sie überhaupt nichts mit seinem Erfolg zu tun hatten?“

„Und das war außerdem letztes Jahr“, fuhr Lavinia arrogant fort. „Sie wissen genauso gut wie wir, dass Stolz seinen Höhepunkt längst überschritten hat. Und der Grund, warum Sie so wild darauf sind, ihn wieder in Wettkämpfe zu schicken, liegt doch nur darin, dass Sie kein anderes vernünftiges Pferd haben. Sie erwarten, dass wir Antrittsgelder mitbezahlen für ein Pferd, das keine Chance auf den Sieg hat.“

„Sie wissen ja gar nicht, wovon Sie reden“, widersprach Aileen. „Sie haben absolut keine Erfahrung in der Ausbildung von Pferden. Sie würden ja nicht mal das Potential eines Pferdes erkennen, wenn man Sie mit der Nase darauf stoßen würde. Sie sind die Allerletzte, die hier wirklich ein Urteil abgeben kann.“

Lavinia kniff die Augen zusammen und funkelte Aileen böse an. „Sie können von Glück reden, dass mein Schwiegervater etwas für Sie übrig zu haben scheint. Es ist einfach widerlich, wie er sich von Ihnen manipulieren lässt.“

„Falls hier irgendjemand etwas manipuliert, dann Sie“, entgegnete Aileen. „Und solange Sie sich auf Whitebrook aufhalten, muss ich Sie bitten, Ihre uninformierten Kommentare für sich zu behalten.“

„Ich will, dass du dich sofort bei Lavinia entschuldigst“, fauchte Brad Aileen wütend an.

„Wieso denn? Sie wirft hier mit Beleidigungen um sich, nicht ich. Ich komme auch nicht nach Townsend Acres gefahren und erkläre euch, wie ihr eure Pferde zu trainieren habt."

„In diesem Fall ist es ja auch ein bisschen was anderes, oder nicht?", erwiderte Brad. „Schließlich gehört Stolz zur Hälfte uns."

„Deinem Vater, nicht dir!"

Lavinias Gesicht war angespannt vor Wut. „Mir reicht's jetzt", sagte sie zu Brad. „Lass uns gehen."

„Oh ja, bitte", fauchte Aileen. Sie starrte den beiden hinterher, wie sie auf Brads Ferrari zustolzierten. Einen Augenblick lang blieb Aileen mit den Händen in den Hüften stehen und atmete tief durch, um ihre Wut unter Kontrolle zu bekommen. „Blödes Gequatsche", murmelte sie. „Was denkt sie überhaupt, wer sie ist?"

Erst als Brad den Ferrari gewendet hatte und mit dröhnendem Motor die Zufahrt hinunterbrauste, schien Aileen sich ein wenig zu beruhigen. Sie atmete tief aus. „Wahrscheinlich hätte ich das nicht sagen sollen."

„Sie hatte es aber verdient!", rief Samantha. „Sie ist eine widerliche Zicke, wie kann sie es wagen, dir zu sagen, was gut oder schlecht für Stolz ist? Und wie kommt Brad dazu, sich einzumischen!" Samantha erinnerte sich nur zu gut an die Probleme, die sie im vergangenen Jahr mit den Townsends gehabt hatten, als Brad versucht hatte, sich in das Trainingsprogramm und den Rennplan für Stolz einzumischen. Er hatte seinen normalerweise recht vernünftigen Vater dazu gebracht, den jungen Hengst für viel zu viele Rennen anzumelden. Als Stolz dann aufgrund des zu großen Drucks gelegentlich ein Rennen verlor, hatten die Townsends Charlie als Trainer und Aileen als Jockey abgesetzt. Stolz war schon fast ein Wrack gewesen, als sie ihn zurückbekamen, und es hatte viele Wochen der Ruhe und der liebevollen Pflege bedurft, um ihn wieder etwas aufzupäppeln. Samantha, Aileen und Charlie hatten sich gemeinsam abgemüht, Stolz wieder in Form zu bringen. Mr. Townsend hatte zugegeben, dass er einen Fehler gemacht hatte, als er sich ins Training einmischte. Brad dagegen hatte sich nie entschuldigt. „Lavinia war ziemlich wütend über deine Worte", fügte Samantha hinzu.

„Ja, und so schnell wird sie dir das nicht verzeihen", stellte Charlie fest. „Sie versteht vielleicht nichts von der Ausbildung von Vollblütern, aber sie hat den Sohn der Townsends ganz schön an der Leine. Mir ist es gleichgültig, wie reich ihre Familie ist", sagte er zu Aileen, „bei mir macht sie damit keinen Eindruck."

Samantha runzelte die Stirn und erinnerte sich an das, was Aileen von der Frau eines anderen Züchters aus Lexington über Lavinia erfahren hatte. Diese Frau kannte Lavinias Familie seit vielen Jahren. Sie hatte Aileen erzählt, dass Lavinia in Virginia aufgewachsen war, als das verwöhnte und verhätschelte einzige Kind der überaus wohlhabenden Familie Hotchkins-Ross. Ihre Kindheit sei aber nicht so einfach gewesen oder gar glücklich. Ihre Mutter habe sich ständig auf Partys herumgetrieben und sie offenbar ziemlich vernachlässigt, sie sei nur selten zu Hause gewesen. Lavinias Vater habe sich zwar bemüht, das ein wenig auszugleichen und deswegen Lavinia mit allen möglichen Dingen überschüttet, ihr alles gekauft, was mit Geld zu bekommen war. Er habe immer versucht sie vor weiteren Enttäuschungen zu bewahren. So kam es, dass Lavinia schon mit zwanzig extrem eingebildet und arrogant war und sich einfach alles nahm, was sie wollte. „Natürlich hat das arme Ding eines wirklich nie gekannt", hatte die ältere Dame geseufzt, „die Liebe ihrer Mutter."

„Nun, mir jedenfalls tut sie nicht Leid", erklärte Samantha gegenüber Charlie. „Na ja, sie kann vielleicht nichts dafür, wie sie erzogen wurde, aber das ist keine Entschuldigung dafür sich so hässlich aufzuführen."

„Ich habe gehört, dass sie ganz schön viel Geld in Townsend Acres gesteckt hat", berichtete Aileen. „Deshalb meint sie wahrscheinlich, dass sie mitreden kann. Ihr wisst ja, wie nötig Townsend Acres vor einem Jahr das Geld brauchen konnte."

Charlie zog sich den Hut in die Stirn. „Das ist längst ausgestanden. Und Clay Townsend hat wenigstens so viel Verstand, dass er ihren Worten keinen Glauben schenkt. Aber in einem hat sie wirklich Recht. Stolz mag vielleicht im Training eine ganz gute Figur machen, aber das ist noch keine Garantie dafür, dass er auch bei einem Rennen gut abschneidet. Man kann nie genau wissen, wie sich ein Pferd nach einer Verletzung und einer langen Pause im Rennen verhält. Wir könnten durchaus verlieren. Das solltet ihr bedenken."

„Charlie!", schrie Samantha entsetzt auf. „Du hast doch das Training heute gesehen. Er war einfach phantastisch. Er war voll bei der Sache und wäre am liebsten losgestürmt."

„Ja, aber wie schon gesagt, es gibt keine Garantie. Und Lord Ainsley ist auch kein Pferd, das man so leicht schlägt. Vergesst nicht, er war im vergangenen Jahr der englische Champion und er hat im Pimlico Special das Feld mühelos abgehängt. Und so ungern ich es sage, aber diese kleine schnippische Göre könnte vielleicht Recht behalten."

„Niemals!" Samantha schaute Stolz an und spürte, wie ihr Herz schneller zu schlagen begann. Er atmete sanft in ihre Hand, als sie ihm leicht über die samtene Nase strich. „Das lassen wir nicht zu, mein Junge, nicht wahr?" Aber Charlies Worte hatten dennoch ein ungutes Gefühl in ihr hervorgerufen. Wenn sie nun tatsächlich gegen Lord Ainsley verlieren würden? Wenn Stolz wirklich in diesem Rennen versagte? Was würden Lavinia und Brad dann für einen Freudentanz aufführen?

Kapitel 2

Nachdem Len, der Stallmanager auf Whitebrook, Stolz abgeholt hatte, um ihn abzukühlen, ging Aileen zum Gestütsbüro, um mit ihrem Verlobten Mike Reese, dem Miteigentümer des Gestüts, zu sprechen. Samantha schaute hoch, als sie sah, dass ihr Freund Tor Nelson mit seinem Wagen die Zufahrt heraufgefahren kam. Sie lief ihm entgegen.

Tors blonde Haare glänzten im Sonnenlicht, als er mit einem Lächeln auf dem Gesicht auf Samantha zuschlenderte. Er nahm sie kurz in den Arm. „Na, wie war denn heute die Arbeit mit Stolz?“, fragte er.

„Es hätte gar nicht besser sein können“, seufzte Samantha zufrieden und erwiderte sein Lächeln. „Außer dass Brad und Lavinia hier aufgetaucht sind und versucht haben sich einzumischen.“ Sie schilderte ihm schnell, was geschehen war.

„Du solltest dir wegen Lavinia nicht so viele Gedanken machen“, beruhigte Tor sie.

„Na ja, es macht mich einfach wütend, wenn sie hier anmarschiert kommen und Aileen verrückt machen. Wo sie momentan so glücklich ist. Im letzten Monat hat sie das College abgeschlossen und in vier Wochen heiratet sie. Und dazu das Comeback von Stolz."

„Komm, schau dir doch mal die positive Seite der Medaille an", tröstete Tor sie. „Selbst wenn Lavinia und Brad ein bisschen für Aufregung sorgen, läuft doch alles bestens. Stolz wird definitiv wieder Rennen laufen und Sierra entwickelt sich genau so, wie wir es erwartet haben."

„Richtig!", stimmte ihm Samantha zu, die nun schon wieder ein bisschen fröhlicher war. „Komm, gehen wir zu ihm." Sie spazierten auf den Stall zu, in dem sich Sierras Box befand. Gemeinsam trainierten sie den dreijährigen Hengst, der bei der Ausbildung für Rennpferde kläglich versagt hatte. Vor einigen Monaten noch war Mike fast soweit gewesen, das eigensinnige Pferd zu verkaufen, aber Tor und Samantha hatten entdeckt, dass Sierra andere Talente besaß – er konnte springen! Sie hatten Mike davon überzeugt, sie mit ihm arbeiten zu lassen. Von Anfang an hatte sich Sierra bei Hindernisrennen so phantastisch angestellt, als sei er dafür geboren. Aber erst nachdem er im April bei einem Hindernisrennen Zweiter geworden war, hatte Mike nachgegeben und sich entschlossen, ihn zu behalten.

„Wir müssen heute mit Sierra ein perfektes Training hinbekommen", erklärte Tor, „weil du ja am Freitag mit Stolz zum Rennen nach New York fährst. Und ich kann nicht mit ihm arbeiten, solange du nicht da bist."

Als sie über den Hof zum Stall gingen, schauten sie hinaus zu den weiß umzäunten Koppeln von Whitebrook. Auf den meisten grasten Vollblutpferde. Lauter wunderschöne, schlanke Tiere. Samanthas Vater, Ian McLean, war der Cheftrainer des Gestüts und kümmerte sich um die Pferde, die man zur Ausbildung auf Whitebrook eingestellt hatte. Samanthas Mutter war vor vier Jahren bei einem tragischen Reitunfall ums Leben gekommen und Samantha und ihr Vater lebten allein in einem der beiden hübschen Cottages auf dem Gelände. Charlie und Len bewohnten das zweite Haus, während Mike und sein Vater im kleinen Haupthaus auf der anderen Seite des Hofs lebten.

„Ich weiß." Samantha warf einen kurzen Blick auf den Gips an Tors linken Unterarm. „Warst du gestern beim Arzt?", erkundigte sie sich.

Tor lächelte. „Ich habe gute Neuigkeiten. Er meinte, in zwei Wochen werde ich wieder reiten können!"

„Oh, super! Dann kannst du ja Sierra beim Hindernisrennen in Atlantic City reiten!"

„Sieht ganz so aus, aber ich weiß nicht, warum du so erleichtert klingst. Du hast doch ein prima Rennen in Lexington hingelegt", erwiderte Tor.

„Und du weißt, welche Angst ich hatte. Ich hätte niemals den Mut gefunden, ihn beim Rennen zu reiten, wenn du dir nicht den Arm gebrochen hättest."

„Du bist besser, als du denkst, Sammy. Und dein Reitstil wird immer besser."

Samantha schaute zu ihm hoch und lächelte. „Danke. Ich habe ja auch einen guten Lehrer. Aber ich muss noch viel lernen, bis ich genauso gut bin wie du."

Tor lachte. „Na ja, in den vergangenen Wochen hatte ich mit diesem Ding hier", er hob seinen bandagierten Arm, „nicht gerade viel Zeit zum Trainieren."

„Ja, aber sobald der Gips ab ist, kannst du wieder mit Top Hat arbeiten", freute sich Samantha.

„Gut, aber ich weiß nicht, ob wir es schaffen, ihn noch dieses Jahr auf ein Springturnier mitzunehmen. Mein Vater hat zwar mit Top Hat weiter geübt, aber es ist zu spät für Top Hat und mich noch in Topform zu kommen. Aber wenigstens haben wir jetzt Collegeferien, ich habe also mehr Zeit, mit ihm zu arbeiten."

Als sie den Stall betraten, in dem Sierra und Stolz untergebracht waren, kam ihnen Sidney, eine der drei Gestütskatzen, in der Stallgasse entgegen. Der Kater war schon fast ausgewachsen, aber immer noch ein wenig tollpatschig. Er war auffallend gemustert – ein schwarzes Band lief um die Augen herum über die Nase bis zum Kinn und ließ es wie eine Maske wirken. Sidney dehnte und streckte sich vor ihnen, dann stürmte er auf Samantha zu und tanzte um ihre Füße. Sie beugte sich hinab, um ihn zu streicheln. „Wartest du auch darauf, dass Stolz zurückkommt, Sid?", fragte sie den schnurrenden Kater. Die junge Katze und das Pferd verstanden sich bestens. Sidney war immer in der Nähe der Box von Stolz und häufig machte er es sich auf dem Rücken des großen Fuchses bequem und hielt dort ein Nickerchen. „Er ist ja bald wieder da", tröstete sie das

Tier, das auf eine der Boxentrennwände sprang, während Samantha und Tor ihren Gang durch den Stall fortsetzten.

Sierra stand in einer der Boxen am Ende der Stallgasse und wie immer streckte er bereits den Kopf aus der Tür, als er sie kommen hörte. Er wieherte ungeduldig, war begierig herausgelassen zu werden.

„Ja, wir kommen schon, du Monster!“, rief Samantha dem jungen Hengst liebevoll zu. Sierra war bekannt für seinen schelmischen Charakter. Er konnte ziemlich dickköpfig sein und zögerte nie, seinem Reiter ein Schnippchen zu schlagen, wenn er damit rechnen konnte, dass man ihm das nachsah. Aber Samantha liebte ihn einfach. Sie war begeistert, dass er endlich sein Talent unter Beweis stellen konnte. Sie hatte immer an ihn geglaubt.

Tor holte Sierras Zaumzeug und Samantha führte Sierra hinaus in die Stallgasse. Sierras kastanienfarbenes Fell glänzte nach Lens sorgfältigem Striegeln. Len hatte den schmucken Hengst genauso gern wie Samantha.

Schnell hatten sie Sierra das Zaumzeug angelegt. Samantha löste das Halfter vom Querbalken, als Mike den Gang entlang auf sie zukam. Neben ihm ging ein Mann mittleren Alters. Häufig besuchten die Besitzer der Vollblüter das Gestüt, um sich persönlich von den Fortschritten ihrer Ausbildung auf Whitebrook zu überzeugen. Mikes Blondschopf war gedankenvoll zur Seite geneigt, während er aufmerksam seinem Begleiter zuhörte. Als sie näher kamen, konnte Samantha einen Teil der Unterhaltung mitbekommen. „Weil ich gerade hier in der Gegend zu tun hatte“, erklärte der Fremde, „dachte ich, ich komme einfach vorbei und schaue ihn mir mal an. Und vielleicht kann ich Sie ja auch dazu bewegen, Ihre Meinung zu ändern.“

„Ich glaube nicht, dass Sie das schaffen“, erwiderte Mike. „Es gilt noch immer das, was ich Ihnen am Telefon gesagt habe. Ich habe mich entschlossen ihn zu behalten. Aber Sie können ihn sich gern einmal ansehen. Hier ist er.“ Mike deutete auf Sierra. „Hallo, ihr beiden“, begrüßte er Samantha und Tor mit einem Lächeln.

Die Augen des anderen Mannes ruhten neugierig und aufmerksam auf Sierra. Samantha runzelte die Stirn.

Sierra tänzelte stolz auf der Stelle hin und her, er schien zu spüren, dass er im Mittelpunkt stand.

Der Mann war offensichtlich beeindruckt. „Ein wirklich wunderschönes Tier“, lobte er Sierra und lief um den Hengst herum. „Eine kräftige Brust, gute Beine, eine starke Hinterhand, intelligente Augen.“

„Ja, er ist garantiert nicht dumm“, antwortete Mike. „Und er nutzt das ganz schön aus und führt uns gelegentlich an der Nase herum. Aber wir haben jetzt herausgefunden, was ihm wirklich liegt, so dass er jetzt besser pariert. Er hat eine absolute Begabung für Hindernisrennen, es ist, als ob er dafür geboren wäre. Ich möchte Ihnen gern die beiden Menschen vorstellen, die dieses Wunder vollbracht haben. Fred, das sind Samantha McLean und Tor Nelson. Sammy und Tor, das ist Fred Walters, dem das Gestüt Oakhill Stud in Florida gehört und der daran interessiert war, Sierra zu kaufen.“

Fred Walters nickte ihnen zur Begrüßung zu. „Freut mich, Sie kennen zu lernen.“ Er schaute Sierra weiter prüfend an. „Ich freue mich, dass Sie Fortschritte mit ihm gemacht haben, aber ich bin noch immer entschlossen, ihn zu kaufen. Mir hat sein Stammbaum schon von Anfang an imponiert und ich habe einige Stuten mit gutem Stammbaum, mit denen ich ihn gern kreuzen würde.“ Er wandte sich wieder zu Mike. „Und jetzt, nachdem ich ihn gesehen habe, bin ich mehr denn je davon überzeugt. Ich zahle Ihnen zweihundertfünfzigtausend.“

Samantha schnappte nach Luft und hörte, wie Tor tief einatmete. Sie bemerkte, dass dieses Angebot Mike völlig umhaute. Die Summe war fast doppelt so hoch, wie das, was er unter normalen Umständen für Sierra hätte bekommen können!

Mike runzelte die Stirn. „Das ist außerordentlich großzügig.“

„Ich zahle gern gutes Geld für ein Pferd, das ich unbedingt haben will.“

Einige bange Sekunden lang herrschte Stille, Mike schien das Angebot tatsächlich zu überdenken. Samantha war verzweifelt und flehte innerlich: Bitte sag Nein! Aber sie wusste, wie verführerisch das Angebot war. Junge Hengste, die sich noch nicht auf der Rennbahn bewährt hatten, waren als Zuchtpferde nicht sonderlich gefragt, selbst wenn sie einen so ausgezeichneten Stammbaum aufzuweisen hatten wie Sierra. Angebote wie das von Fred Walters flatterten einem nicht jeden Tag ins Haus. Wenngleich Sierra ein großes Talent für Hindernisrennen besaß, gab es bei diesen Turnieren keine allzu hohen Preisgelder einzuheimsen. Er würde eine Menge Rennen gewinnen müssen, um eine Viertelmillion Dollar einzubringen.

„Ich muss zugeben, dass Ihr Angebot mich ganz schön durcheinander gebracht hat“, gestand Mike. „Solch ein Angebot kann ich nicht so einfach abtun. Das Gestüt könnte die Summe ganz gut gebrauchen.“

„Dann gilt der Handel also“, sagte Fred Walters froh und streckte ihm die Hand hin.

Samantha rutschte das Herz in die Hose. Nach all der Arbeit, die sie und Tor in das Training von Sierra gesteckt hatten und der ganzen Mühe, Mike vom Springtalent zu überzeugen, würde Mike ihn jetzt verkaufen! Samantha starrte Mike fassungslos an und dachte an all die Pläne, die sie gemeinsam mit Tor für den dreijährigen Hengst geschmiedet hatten.

Aber Mike hatte Walters Hand noch nicht ergriffen, um den Handel per Handschlag zu besiegeln. Stattdessen sah er Samantha und Tor an, dann wanderte sein Blick weiter zu Sierra.

Plötzlich bleckte Sierra die Zähne und schnappte nach Fred Walters Arm. Glücklicherweise reagierte der Züchter aus Florida blitzschnell und trat ein paar Schritte zurück, bevor Sierras Zähne seinen Oberarm erwischten. Samantha musste fast lachen, als Sierra enttäuscht schnaubte. Der Gedanke gefiel ihr, dass Sierra durch schlechtes Benehmen versuchte den möglichen Käufer abzuschrecken.

„So, so, er ist also ein ganz Bissiger“, scherzte Fred Walters, er schien in keiner Weise von seinem Angebot abrücken zu wollen.

„Ja, er hat eine Menge Tricks auf Lager“, gestand Mike, während er nachdenklich das Pferd musterte.

„Nun, das stellt kein Problem für mich dar“, erklärte Walters. „Meine Leute sind alle sehr erfahren, sie sind auch schon mit einigen richtig biestigen Hengsten klargekommen.“

„Er ist kein Biest“, verteidigte ihn Samantha.

Walters schaute sie an. „Das habe ich auch nicht gesagt. Alles was für mich zählt ist, dass er nett zu den Stuten ist. Also, gilt der Handel?“, wandte er sich wieder an Mike. „Ich habe einen von der Bank beglaubigten Scheck dabei und kann das Pferd noch heute Nachmittag mit einem Transporter abholen lassen.“

Samantha warf einen hilflosen Blick auf Tor, der ebenso niedergeschlagen wirkte. All ihre Arbeit war umsonst gewesen! Aber es war ja nicht nur das viele Training, ihr Herz hing auch an Sierra. Sie wollte nicht, dass er auf irgendein Zuchtgestüt gebracht wurde und sie ihn nie mehr wiedersehen würde. Offensichtlich wollte Fred Walters Sierra unbedingt besitzen, nicht nur die Zuchtrechte kaufen, wenn er später einmal nicht mehr auf Turniere ging.

Endlich meldete sich Mike wieder zu Wort. „Es tut mir wirklich Leid, dass ich Sie enttäuschen muss, Fred“, wandte er sich an den Züchter, „und ich bin Ihnen wirklich für Ihr großzügiges Angebot dankbar, aber ich möchte ihn jetzt noch nicht hergeben.“

Samantha bekam vor Erleichterung weiche Knie. Tor griff nach ihrer Hand und drückte sie fest.

Fred Walters schaute sein Gegenüber mit ungläubigem Gesicht an und redete schnell auf Mike ein. „Aber ich habe Ihnen doch ein mehr als phantastisches Angebot gemacht! Ich glaube nicht, dass jemand Ihnen ein besseres machen könnte.“

„Wahrscheinlich nicht. Und wie ich schon sagte, bedanke ich mich für dieses großzügige Angebot“, erwiderte Mike, „aber ich habe dieses Pferd einfach viel zu gern, um es jetzt schon zu verkaufen.“

„Ich glaube, Sie machen einen großen Fehler“, sagte Walters. „Was können Sie mit ein paar Hindernisrennen schon verdienen? Und es gibt keine Garantie, dass er überhaupt jemals ein Rennen gewinnen wird.“

„Ich weiß, aber ich möchte ihm die Chance dazu lassen“, antwortete Mike. „Hören Sie, falls ich jemals meine Meinung ändere und ihn irgendwann verkaufen will, sind Sie der Erste, dem ich ihn anbiete. Falls Sie ihn dann noch wollen.“

Einen Augenblick lang runzelte Walters die Stirn, dann zuckte er mit den Achseln. „Nun, ich schätze, ich muss mich damit abfinden, aber ich kann Ihnen keine Garantie dafür geben, dass mein Angebot dann noch so hoch ausfallen wird, der Markt ändert sich ständig.“

„Das ist mir klar“, erwiderte Mike. „Aber wenn Sie schon da sind, möchte ich Ihnen noch gern ein paar andere Pferde zeigen, die ich sowieso vorhabe zu verkaufen. Sie haben zwar nicht den Stammbaum von Sierra, aber dennoch eine exzellente Herkunft. Vielleicht möchten Sie sich diese einmal ansehen.“

Der offensichtlich enttäuschte Züchter warf einen letzten Blick auf Sierra, bevor er Mike die Stallgasse hinunter folgte.

Samantha und Tor fielen sich spontan in die Arme. „Ich hatte solche Angst!“, gestand Samantha zitternd. „Er hat so viel Geld geboten.“

„Ich weiß“, stimmte ihr Tor zu. „Ich kann es eigentlich noch gar nicht fassen, dass Mike das Angebot ausgeschlagen hat. Aber, Junge, Junge, ich bin wirklich froh darüber!“

Fünfzehn Minuten später hatte Samantha Sierra auf der inneren Grasbahn genügend aufgewärmt. Auf der Reitbahn hatte Tor acht ungefähr ein Meter zwanzig hohe heckenähnliche Hindernisse aufgebaut. Nach dem überstandenen Schock über Fred Walters Angebot fiel es Samantha etwas schwer, sich auf die Arbeit zu konzentrieren.

„Er ist jetzt fit“, erklärte sie Tor. „Soll ich mit ihm noch zweimal um die Bahn reiten oder glaubst du, das wäre zu viel?“ Da sie Sierra bei einem wesentlich schwierigeren und besser besetzten Hindernisrennen als dem ersten antreten lassen wollten, war jetzt ihr wichtigstes Ziel, ihn in beste körperliche Verfassung zu bringen und seine Sprungtechnik zu verbessern. Der Parcours in Atlantic City würde über zweieinachtel Meilen gehen und dabei würde Sierra mit Tor als Reiter sechzehn Hindernisse bewältigen müssen. Und er mußte zwischen den Hindernissen und bei den Sprüngen auch genügend Geschwindigkeit entwickeln, um das Rennen auch gewinnen zu können. Samantha und Tor hatten im Training sowohl Hindernisspringen geübt als auch einen langsamen Galopp, um seine Grundgeschwindigkeit zu erhöhen. Sie wollten ihn allerdings nicht überstrapazieren. Es waren immerhin noch fünf Wochen Zeit bis zum Rennen.

„Einmal ist genug für heute“, erklärte Tor.

Samantha nickte und machte sich fertig, nahm die Zügel fest in die Hand und setzte sich im Sattel zurecht. Sie begann Sierra in einem leichten Galopp im Zirkel zu reiten und bemerkte, dass Mike, Fred Walters und Len zur Bande gekommen waren, um bei der Arbeit zuzuschauen. Das passte ihr überhaupt nicht. Verdammt, dachte sie, jetzt werden wir ihnen eine perfekte Runde bieten müssen. Sie riss sich zusammen, um sich ganz auf die Bahn und das Pferd zu konzentrieren, und als sie am Meilenpfosten vorbeikamen, verstärkte sie den Schenkeldruck, lockerte die Zügel und schnalzte laut mit der Zunge.

Sierra machte einen Satz vorwärts auf das erste Hindernis zu, das im Abstand von etwa einer achtel Meile entfernt auf der Bahn stand. Samantha hielt den Kopf hoch und die Augen auf das Hindernis gerichtet, sie näherten sich rasch. Sie lenkte Sierra auf die Mitte des Hindernisses zu, obwohl Pferd und Reiter in einem richtigen Hindernisrennen nicht immer die Wahl haben, wo sie springen. Es gibt dann die anderen Pferde und Reiter, die ebenfalls Platz benötigten, ein Hauptaugenmerk muss dann sein, einen Zusammenstoß zu verhindern.

Scheinbar ohne eine Führung durch Samantha zu benötigen, zog Sierra am idealen Absprungspunkt die Hinterhand hoch und flog elegant über das Hindernis hinweg. Samantha streckte sich mit ihm, die Arme um seinen Hals gelegt, die Fersen fest in die Steigbügel gestemmt. Dann landeten sie wieder auf dem Boden und Sierra stürmte weiter in Richtung des nächsten Hindernisses.

Und so ging es rund um den Parcours; Samantha ließ den hochgewachsenen Hengst in einem gemäßigten Galopp laufen. Diese Trainingsrunden waren nicht die richtige Gelegenheit, um Sierras Geschwindigkeit zwischen den Hindernissen zu steigern. Sie konzentrierten sich daher darauf, seine Sprungtechnik zu verbessern. Je näher der Tag des Rennens kam, desto wichtiger würde es werden, seine Technik zu verbessern und gleichzeitig seine Geschwindigkeit zu forcieren.

Wie üblich hatte Sierra seinen eigenen Kopf und wollte das Tempo beschleunigen, aber Samantha hielt die Zügel straff. Sie kamen allmählich von der Gegengeraden auf den Schlussbogen zu. Wir machen es sehr gut, dachte Samantha. Noch zwei Hindernisse.

Sie kamen aus der Kurve heraus und übersprangen das vorletzte Hindernis.

„Wir sollten die Runde möglichst glorreich beenden, Sierra", ermahnte Samantha das Pferd. Ihr war klar, dass die Männer genau gegenüber vom letzten Hindernis standen. Sierra strebte mit energischen Galoppsprüngen darauf zu. Samantha zählte im Kopf die Schritte und bereitete sich darauf vor, Sierra im richtigen Moment mit den Beinen das Zeichen zum Absprung zu geben und die Zügel locker zu lassen – obwohl Sierra gewöhnlich keine besondere Ermutigung brauchte. Sierra schien heute auch darauf aus, die Zuschauer zu beeindrucken. Er schien Sprungfedern unter seinen Hufen zu haben, als er sich versammelte und das letzte Hindernis förmlich überflog. Als sie landeten, wusste Samantha, dass das der beste Sprung war, den sie je zusammen absolviert hatten. Sie lächelte freudig in sich hinein, als sie Sierra das letzte Stück auf den Meilenpfosten zulenkte. Sie konnte es sich nicht verkneifen, kurz einen Blick auf Tor und die anderen zu werfen, um ihre Reaktionen mitzubekommen. Im selben Augenblick machte Sierra unter ihr einen Satz und fiel in einen rasanten Galopp.

Samantha stöhnte. Sie hatte unbewusst die Zügel nachgegeben und Sierra hatte das genau gespürt. Sie hätte es besser wissen müssen! Er hatte diese Nummer mit ihr schon einmal abgezogen und sie auf einen wilden und beängstigenden Galopp durch die Wälder entführt.

Sie zog so fest wie möglich an den Zügeln und versuchte, Sierra wieder in den Griff zu bekommen, aber der Hengst schien entschlossen, seinen Spaß zu haben. Er stürmte auf das erste Hindernis in der zweiten Runde zu und ignorierte all ihre Versuche, ihn zu stoppen. Samantha wusste, dass seine Galoppsprünge sie viel zu schnell auf das Hindernis zusteuerten. Sie würden niemals den richtigen Absprungspunkt finden. Sierra würde sie wahrscheinlich heil hinüberbringen, aber es würde nicht gerade elegant aussehen.

Samantha versuchte, sich innerlich darauf einzustellen und sich Sierras Rhythmus anzupassen. Aber er nahm keinerlei Rücksicht auf sie. Samantha wusste, als er auf das Hindernis zustob, dass sie viel zu dicht am Hindernis absprangen. Sie würden mit großer Wucht landen und das würde ganz schön ungemütlich werden. Während Sierra zum Sprung ansetzte, presste sie die Beine fest in die Steigbügel und hielt sich mit einer Hand zusätzlich an seiner Mähne fest. Durch den Aufprall von Sierras Vorderhufen wurde Samantha nach vorn geschleudert, ihre Stiefel rutschten aus den Steigbügeln. Als Sierra mit der Hinterhand landete, hob er den Kopf und stieß mit Samanthas Gesicht zusammen. Ihr wurde schwarz vor Augen, ihre Nase schien zu explodieren. Sie spürte, wie sie langsam aus dem Sattel glitt und auf den Boden stürzte. Sie landete auf dem Rücken, während Sierra reiterlos weitergaloppierte.

Einige Sekunden lang blieb sie wie betäubt liegen. Dann griff sie sich mit der Hand an die Nase. Sie blutete nicht, pochte aber wild. Während sie sich auf die Ellbogen stützte, kam Tor angelaufen. Mike und Len waren direkt hinter ihm.

„Ist alles in Ordnung?", fragte Tor besorgt.

„Ich glaube schon. Ich hab' mir nur die Nase ein bisschen angehauen." Samantha schüttelte den Kopf, um ihn wieder klar zu bekommen. „Es war mein Fehler. Ich war auf dem letzten flachen Stück einfach zu sorglos und das hat er natürlich ausgenutzt. Wir haben dieses Hindernis an der völlig falschen Stelle genommen."

Tor legte ihr stützend eine Hand unter den Ellbogen und half ihr hoch. „Das habe ich gesehen", meinte er.

Jetzt, da sie wieder stand, schaute sich Samantha suchend nach Sierra um. Er beendete die Runde über den Parcours völlig allein.

Während Len loslief, um den jungen Hengst einzufangen, kam Fred Walters auf sie zu. Er lachte trocken. „So, und Sie haben wirklich vor, etwas aus ihm zu machen? Ich würde sagen, er hat einen ganz eigenen Kopf."

„Er hat seine Fehler", gab Mike zu, „aber Sie haben doch gesehen, wie er gesprungen ist. Er hat großes Talent. Bist du sicher, dass es dir gut geht, Sammy?", fügte er besorgt hinzu.

„Wunderbar, ich bin nur ein wenig wütend auf mich selbst."

„Nun, mein Angebot gilt noch immer", erklärte Walters gegenüber Mike. „Vielleicht haben Sie es bald satt, dass er ständig die Jockeys abwirft."

Len kam mit dem laut schnaubenden Sierra an der Hand auf sie zu. Der Hengst ließ sich jetzt willig führen, nachdem er sich verausgabt hatte.

Len schaute Samantha an und schüttelte den Kopf. „Er inszeniert gern eine kleine Show, vor allem dann, wenn er das nicht tun soll", erklärte der alte Mann.

„Ich weiß." Samantha hoffte nur, dass Sierras kleine Einlage Mike nicht dazu bewegen würde, seine Meinung zu ändern und Walters Angebot vielleicht doch anzunehmen.

Fred Walters schickte sich an, sich zu verabschieden. „Nun, ich wünsche Ihnen viel Glück bei der Ausbildung dieses Hengstes", meinte er zu Mike. „Ich glaube, das können Sie brauchen."

Kapitel 3

Tor brachte Samantha an diesem Morgen mit dem Auto zur Schule. Sie kam gerade noch rechtzeitig an, um die richtigen Bücher aus ihrem Schließfach zu holen. Ihre beste Freundin, Yvonne Ortez, und Maureen O'Brien, die zierliche Redakteurin der Schülerzeitung, erwarteten sie dort. Alle drei Mädchen waren in ihrem letzten Schuljahr an der Henry Clay Highschool.

„Du scheinst dich ja ganz schön abgehetzt zu haben", stellte Yvonne nach einem Blick auf Samantha fest, die eilig auf sie zusteuerte. Yvonnes schwarze Augen und ihr glänzendes, glattes, schwarzes Haar wiesen auf ihre indianische und spanisch-englische Herkunft hin.

„Ja, das Training hat länger gedauert als erwartet."

„Und wie war es? Ist Stolz in guter Form?", fragte Maureen besorgt. Beide Mädchen wussten, wie wichtig das Training an diesem Morgen gewesen war.

Samantha schilderte ihnen alle Details, berichtete auch von Lavinias und Brads Besuch. „Na ja, immerhin gibt es auch noch eine gute Nachricht", gestand sie ein, „Tor wird definitiv in Atlantic City reiten können. Der Arzt sagte, dass sein Arm wieder völlig hergestellt ist."

„Dann kann er ja bald wieder Top Hat reiten", rief Yvonne begeistert. „Aber ich glaube nicht, dass sie schon an dem großen Turnier in zwei Wochen teilnehmen können."

Samantha schüttelte den Kopf. „Aber du kannst es. Tor meinte, dass du schon unglaublich gut reitest. Er glaubt, dass du ein blaues Band gewinnen kannst." In den vergangenen zwei Jahren hatte Yvonne bei Tor Unterricht im Springreiten genommen. In letzter Zeit hatte sie so große Fortschritte gemacht, dass sie schon bald als Fortgeschrittene bei einem Turnier mitmachen konnte.

Yvonne strahlte über das ganze Gesicht. „Du kommst doch zu der Schau, nicht wahr?"

„Machst du Witze? Das würde ich doch niemals versäumen wollen! Dann habe ich endlich die Gelegenheit, diesen Gregg kennen zu lernen, von dem du mir ständig vorschwärmst."

Yvonnes Lächeln wurde breiter „Du wirst ihn mögen. Gregg ist kein bisschen wie Jay. Junge, ich bin so froh, dass ich mich im vergangenen Frühling von dem getrennt habe. Ich habe wirklich meine Zeit mit ihm verschwendet."

„Darf ich auch zur Pferdeschau mitkommen?", fragte Maureen begierig. „Ich habe dich noch nie springen sehen."

„Sicher", gestand Yvonne zu. „Aber ich werde noch viel nervöser sein, wenn ich weiß, dass ihr mir alle zuschaut."

„Das vergisst du schnell, wenn du erst einmal im Parcours bist", erklärte Samantha. „Da, es läutet zum Unterricht."

„Ich sehe euch dann in der Mittagspause", verabschiedete sich Maureen, bevor sie davonstürmte. „Ich reserviere uns einen Tisch, wenn ich zuerst da bin."

Samantha und Yvonne brachen in die entgegengesetzte Richtung auf. „Je mehr ich über den Besuch von Brad und Lavinia heute Morgen auf Whitebrook nachdenke, desto nervöser werde ich. Ich mache mir richtige Sorgen."

„Ich weiß, was du meinst", erklärte Yvonne mitfühlend. „Du und Aileen, ihr habt bereits so viel durchgemacht wegen Brad."

„Erinnere mich nicht daran", erwiderte Samantha. „Aber ich glaube nicht, dass sie noch vor dem Rennen in Nassau etwas anstellen können. Ich habe ein gutes Gefühl, dass Stolz eine faire Chance hat zu gewinnen. Du hättest ihn heute Morgen bei der Arbeit sehen sollen, er war einfach unglaublich gut!"

Tor fuhr Samantha am Freitagnachmittag zum Flughafen, gab ihr am Ausgang zum Abschied einen Kuß und wünschte ihr viel Glück. Am Tag zuvor hatte Samantha mit Aileen telefoniert, die bereits mit Charlie und Stolz in Belmont Park in New York angekommen war. Aileen hatte erklärt, dass alles prima laufe. Dennoch hatte Samantha gespürt, dass Aileen ihr etwas verschwieg, und das machte ihr Sorgen.

Als Aileen sie am LaGuardia-Flughafen auf Long Island abholte, wusste Samantha sofort, dass irgendetwas nicht stimmte. Aileen wirkte angespannt und müde und war ganz offensichtlich irgendwie durcheinander. Als sie zur Rennbahn von Belmont fuhren, berichtete Aileen von den furchtbaren Tagen, die sie hinter sich hatte.

„Ich wollte mit dir nicht am Telefon darüber sprechen", sagte sie und seufzte, „aber Lavinia und Brad tun alles, um mir das Leben zur Hölle zu machen. Ständig hängen sie vor der Box von Stolz herum. Lavinia führt sich auf, als sei sie die alleinige Besitzerin von Townsend Acres. Sie macht mich bei anderen schlecht, erzählt allen Leuten, dass Stolz gar nicht fit genug wäre, um zu starten. Ich bin richtig verzweifelt und weiß selbst bald nicht mehr, was am besten ist für das Pferd."

Samantha hatte Aileen mit großen Augen angestarrt. „Wieso lässt Mr. Townsend zu, dass sie sich so aufführt? Das stimmt doch alles gar nicht."

„Er ist noch gar nicht hier gewesen", antwortete Aileen. „Er ist auf Townsend Acres geblieben und kommt erst morgen zum Rennen. Ich habe das ungute Gefühl, dass er Brad, und damit auch Lavinia, immer mehr die Kontrolle über die Geschäfte von Townsend Acres überträgt."

Diese Bemerkung rief bei Samantha ein unangenehmes Gefühl von Bedrohung hervor. „Ich glaube, Lavinia redet einfach irgendwelchen Unsinn daher", beruhigte sie Aileen. „Wenn Stolz erst einmal auf der Rennbahn ist, wird er allen zeigen, dass Lavinia sich irrt."

„Oh, das weiß ich", stimmte ihr Aileen zu. „Aber sie hat mich so durcheinander gebracht, dass ich an mir selbst zweifle. Es gibt eine Menge Leute, die ihr Glauben schenken. Sie kann so charmant sein, wenn sie will, und sie schwimmt nur so im Geld. Das beeindruckt viele, die es eigentlich besser wissen sollten. Viele Menschen wissen ja nicht, dass sie eigentlich gar nichts von Pferderennen versteht. Wenn sie sich so in Szene setzt, steht Brad immer brav daneben und lächelt, als würde er jedes Wort von ihr unterstreichen."

„Er muss es doch wirklich besser wissen!", rief Samantha. „Er ist zwar ein unangenehmer Bursche, aber er versteht etwas von Pferden. Er muss doch sehen, dass Stolz wieder fit ist, um ins Rennen zu gehen."

„Ich glaube, Brad genießt das Theater, das Lavinia inszeniert. Er sah im vergangenen Jahr gar nicht gut aus, als er sich in das Training von Stolz einmischte. Und überleg mal, dass Stolz erst wieder anfing, Rennen zu gewinnen, als Charlie und ich ihn wieder trainiert haben. Brad würde es richtig Spaß machen, mich in einem schlechten Licht dastehen zu lassen. Ich sag' mir zwar immer wieder, dass ich sie nicht beachten sollte, aber ich schaffe es einfach nicht. Als ich gestern mit Stolz auf der Rennbahn trainierte, hatte ich das Gefühl, auf einmal gar nichts mehr richtig zu machen. Ich war verwirrt und habe ihn damit ziemlich durcheinander gebracht. Ich habe daher beschlossen, ihn morgen nicht selbst zu reiten. Ich darf Stolz die Chance, das Rennen zu gewinnen, nicht vermasseln. Deswegen habe ich Jilly gebeten, ihn zu reiten."

Samantha kannte Jilly Gordon, sie war ein guter Jockey, dennoch war sie wie betäubt, als sie das hörte. Jilly war gut und behandelte ihre Pferde genauso professionell, wie dies Samantha oder Aileen tun würden. Sie war der frühere Jockey von Aileens Wunder, der Mutter von Stolz. Und sie hatte die ganze Saison über zusammen mit ihrem Ehemann Craig Avery, ebenfalls ein Jockey, in Churchill Downs in Kentucky gearbeitet. Jilly würde auch zusammen mit Samantha, Aileens Schwester Caroline und Aileens ältester Freundin, Linda March, Brautjungfer bei Aileens Hochzeit sein. „Hat Jilly ja gesagt?", erkundigte sich Samantha.

Aileen nickte. „Sie und Craig fliegen heute von Louisville hier hoch. Ich glaube, ich habe die richtige Entscheidung getroffen. Ich muss das tun, was am besten für Stolz ist. Charlie ist auch meiner Meinung. Und Jilly kennt Stolz, weil sie ihn schon früher beim Training geritten hat."

„Ich finde es furchtbar, dass Brad und Lavinia dich so nervös gemacht haben. Wissen sie, dass Jilly ihn jetzt reitet? Was hat Mr. Townsend gesagt?"

„Ich habe weder mit Brad noch mit Lavinia gesprochen", antwortete Aileen. „Meiner Meinung nach geht das keinen der beiden etwas an. Die Entscheidung liegt bei Mr. Townsend und er hat gesagt, für ihn ginge das in Ordnung. Ich habe ihm erklärt, ich fühle mich körperlich nicht so gut. Und irgendwie stimmt das ja auch."

„Ich frage mich nur, was Brad und Lavinia sagen werden, wenn sie es erfahren."

„Brad zumindest wird froh sein, dass ich nicht selbst reite. Lavinia wird wahrscheinlich versuchen, alles so hinzudrehen, dass ich schlecht dastehe, aber das ist mir jetzt egal. Es ist nur wichtig, dass Stolz mit den besten Chancen in das Rennen geht."

Aileen bog mit dem Wagen auf das riesige Gelände hinter der Rennbahn ein, auf dem sich viele Reihen von Reitställen erstreckten.

Samantha war noch immer damit beschäftigt, die schlechte Nachricht zu verdauen. „Geht es Stolz gut?", fragte sie besorgt.

„Charlie und ich passen auf ihn auf wie ein Schießhund. Ich bin wirklich froh, dass wir ihn erst vor einigen Tagen hergebracht haben. Ich bemühe mich wirklich sehr, ihn nicht merken zu lassen, wie durcheinander ich bin. Du weißt ja, wie er auf die Stimmungen der Menschen um ihn herum reagiert."

„Vielleicht sollte ich heute Nacht draußen vor seiner Box schlafen", bot Samantha an.

„Nein, das brauchst du nicht zu tun. Charlie wird in der Nähe sein und die Stallwachen passen auch gut auf. Ich kann mir nicht vorstellen, dass Lavinia oder Brad so unverfroren sein könnten, Stolz in der Nacht zu stören." Dennoch runzelte sie die Stirn, als sie den Wagen einparkte.

Samantha kannte das Gelände von Belmont ganz gut von ihren vielen früheren Besuchen. Sie und Aileen marschierten auf die Reihe von Boxen zu, die Townsend Acres regelmäßig für die Rennen mietete. Selbst so früh am Abend war ziemlich viel los. Zwei sehr wichtige Rennen würden am nächsten Tag stattfinden, das Belmont Stakes, der dritte Teil und Höhepunkt des Triple Crown, und das Nassau County Handicap für ältere Pferde. Besitzer, Trainer, Pferdepfleger und Reporter bevölkerten den Rasen um die Ställe. Einige Pferde wurden noch spazieren geführt, die meisten aber waren bereits für die Nacht in ihren Boxen untergebracht.

Charlie stand ganz in der Nähe der Box von Stolz und sprach mit Hank, dem langjährigen Chef-Stallburschen von Townsend Acres, der ein guter Freund von Charlie war. Stolz steckte seinen eleganten Kopf über die Boxentür und wieherte glücklich, als er Samantha auf sich zukommen sah. Sie nahm seinen Kopf in beide Hände und drückte ihm einen Kuss auf die samtene Nase. „Hallo, mein Großer. Ich habe dich vermisst, selbst wenn du nur ein paar Tage fort warst."

Stolz stupste Samantha sanft mit der Nase an der Schulter und rieb seinen Kopf seitlich an ihrem Arm.

„Er ist bestens für das Rennen vorbereitet", meinte Charlie, als er mit Hank zu ihnen herüber kam. „Auch wenn gewisse Leute uns das Leben hier nicht gerade einfach machen."

Hank schüttelte unglücklich den Kopf. „Charlie hat damit verdammt Recht", stimmte er zu, „aber ich vermute, dass Aileen dir bereits verraten hat, was Brad und seine Frau hier für einen Tanz aufführen."

Samantha nickte. „Das hat sie."

„Es ist mir richtig peinlich, dass ich für sie arbeite", gestand Hank. „Lavinia hat sich unter der Belegschaft von Townsend Acres keine Freunde gemacht. Sie hat versucht jeden herumzukommandieren. Glücklicherweise kommt Clay Townsend morgen früh. Vielleicht kann er die Sache wieder in Ordnung bringen."

„Was haltet ihr denn von Lord Ainsley?", fragte Samantha.

„Er ist ein gutes Pferd", gestand Hank. „Daran ist nicht zu rütteln. Ken Maddock ist überglücklich, dass er ein Pferd von Lords Kaliber trainieren darf. Es wird ein harter Wettkampf zwischen ihm und Stolz werden, aber ich setze auf Stolz. Ich habe immer geglaubt, dass Stolz etwas ganz Besonderes ist. Und er hat bewiesen, dass ich Recht habe."

„Und das wird er morgen wieder unter Beweis stellen", gab Samantha siegessicher zu. Sie stand ganz auf Stolzs Seite.

„Eine Menge Leute sehen das ganz anders", erklärte Charlie. „Die Fans schwören auf ihn, aber die Wetter haben nicht vergessen, dass er seit sieben Monaten kein Rennen mehr gelaufen ist. Erwartet keine Wunder von unserem Champ hier."

„Was sagst du da?", rief Aileen entsetzt. „Glaubst du etwa, dass er geschlagen werden könnte?"

„Ich sage nicht, dass er geschlagen wird, aber es wäre dumm, zu übermütig zu sein und ihn jetzt schon als Sieger zu sehen."

„Nun, es sieht so aus, als würde das Rennen allein zwischen zwei Pferden ausgemacht“, mischte sich Hank ein. „Lord Ainsley hat eine Menge der Pferde in diesem Feld bereits im Pimlico Special geschlagen und ich sehe keinen anderen Starter, über den es Nennenswertes zu berichten gäbe.“

„Einer von denen könnte das Feld von hinten aufmischen“, murmelte Charlie. „Das ist schon vorgekommen.“

Samantha kannte Charlie lange genug, um zu wissen, dass er wieder so pessimistisch war wie vor jedem Rennen. Er dachte, dass es Unglück brachte, wenn man mit zu großen Hoffnungen in ein Rennen ging. Im allgemeinen galt, je pessimistischer er vor einem Rennen war, desto besser schnitten sie ab.

„Sind Lavinia oder Brad hier gewesen, solange ich weg war?“, erkundigte sich Aileen.

„Nein.“ Hank schüttelte den Kopf. „Wie ich gehört habe, schmeißen sie heute eine Dinnerparty für die Großen und Reichen, die du dann alle morgen kennen lernen kannst.“

„Mm“, meinte Samantha nur. Der Gedanke stimmte sie nicht gerade glücklich.

Jilly und Craig tauchten eine Stunde später auf. Beide waren sehr müde. Sie waren schon frühmorgens in Churchill Downs auf der Reitbahn gewesen, aber jetzt waren sie froh, alle wiederzusehen. „Es ist ganz wie in alten Zeiten“, meinte Jilly und nahm Aileen in die Arme. „Dich würde ich auch gern umarmen, aber ich glaube, das magst du nicht so gern“, scherzte sie mit Charlie und grinste ihn liebevoll an.

„Es sieht so aus, als hättet ihr ein paar Probleme hier“, stellte Craig nach der allgemeinen Begrüßung fest.

„Da hast du Recht. Ich bin wirklich erleichtert, dass Jilly Zeit hat zu reiten.“

„Dafür sind Freunde da“, meinte Craig nur. „Mein Agent hat es sogar geschafft, mir ein paar Starts für morgen zu organisieren. Allerdings nicht im Nassau. Ich werde Jilly und Stolz anfeuern können.“

„Lass mich unseren Prachtkerl mal anschauen.“ Jilly ging auf die Box von Stolz zu, der seinen Kopf aus der halb offenen Tür steckte und laut wieherte. „Schon ziemlich lange her, Stolz, was?“, sagte sie und streichelte ihn. „Aber du bist noch immer genauso schön." Sie rieb seine Ohren und der junge Hengst schnaubte anerkennend. „Wir werden es ihnen morgen schon zeigen, nicht wahr?" Jilly drehte sich zu Aileen und Charlie um. „Gibt es eine spezielle Strategie für das Rennen?", fragte sie.

„Geht man nach Lord Ainsleys Verhalten in den letzten zwei Rennen, dann läuft er gern etwas hinter den führenden Pferden her. So haben wir auch mit Stolz schon ein paar Mal trainiert, obwohl er es gar nicht mag, wenn man sein Tempo drosselt."

„Das Problem ist, dass in dem Rennen niemand frühzeitig Tempo machen wird", mischte sich Charlie ein. „Niemand wird sich um die Führung reißen, das heißt, man müsste Stolz eine Weile lang ziemlich zurückhalten. Und das wird ihm wohl gar nicht gefallen. Aileen und ich haben überlegt, ob es nicht am besten wäre, wenn wir von vorneweg zulassen, dass er sich an die Spitze setzt. Dann bleibt nur zu hoffen, dass er das durchhält. Das könnte auch Lord Ainsleys Jockey überraschen, der bestimmt nicht erwartet, dass Stolz vornewegprescht."

Jilly nickte und überlegte, während sie mit ihrem langen blonden Zopf spielte. „Bevor ich herkam, habe ich mir ein Video vom Pimlico Special angesehen. Falls Lord Ainsley dieselbe Art von Rennen hinlegt, erwarte ich, dass er nach dem Schlussbogen an Tempo zulegen wird, um uns auf der Geraden stark unter Druck zu bringen."

„Genau", stimmte Aileen zu. „Wir hoffen nur, dass Stolz dann noch genügend Dampf hat, um dagegenhalten zu können. Stolz ist in Topform. Das Training bis zum Rennen hier ist wirklich super gelaufen, aber Lord Ainsley wird ihn natürlich nicht so einfach die Lorbeeren einheimsen lassen. Und ihr wisst, wie sehr Brad und Lavinia darauf aus sind, dieses Rennen zu gewinnen. Ihr Jockey, Le Blanc, wird um jeden Zentimeter kämpfen."

„Das ist Teil meiner Strategie", erwiderte Jilly. „Ich hoffe, dass Le Blanc zu siegessicher ist und den Siegeswillen und den Kampfgeist von Stolz unterschätzt. Richtig, mein Junge?" Sie streichelte Stolz. „Ich glaube nicht, dass du deine Fans enttäuschen wirst."

Am nächsten Morgen herrschte auf dem Stallgelände ein totales Chaos. Die Presse und die Fans prügelten sich beinahe, um einen Blick auf Stolz zu werfen. Seine Rückkehr ins Renngeschehen und der erwartete Zweikampf mit Lord Ainsley erweckte mehr Interesse als das Belmont Stakes. Samantha, Charlie und Aileen hatten alle Hände voll zu tun, die Meute etwas abzuwehren und trotz des allgemeinen Trubels dafür zu sorgen, dass Stolz es ruhig hatte. Aber zumindest waren Brad und Lavinia nicht aufgetaucht.

Samantha strich gerade eine Decke auf dem Rücken des jungen Hengstes glatt, als sie Lavinias Stimme draußen vor der Box hörte. Sie biss die Zähne zusammen und wandte sich um, als Lavinia mit einigen ihrer Freunde daherspaziert kam. Alle trugen teure und sehr modische Kleidung. Samantha blickte an sich hinab. Mit ihren verschmutzten Shorts und dem einfachen T-Shirt sah sie nicht gerade präsentabel aus. Sie wusste auch, dass sich ein paar rote Locken aus ihrem Pferdeschwanz gelöst hatten und lose um ihr Gesicht hingen.

Lavinia kam direkt zur Box. Sie nahm Samantha kaum wahr. „Bring ihn heraus und führ ihn ein wenig herum“, befahl sie, „meine Freunde möchten ihn sich ansehen.“

„Er geht jetzt nirgendwohin“, protestierte Samantha. „Ich habe ihn gerade etwas zur Ruhe gebracht und werde ihn jetzt nicht stören.“

„Sei nicht albern. Ein paar Minuten umherzulaufen wird ihm doch nicht schaden.“ Lavinia drehte Samantha den Rücken zu, als erwarte sie, dass ihr Befehl umgehend ausgeführt werde. Mit süßlicher Stimme redete sie auf ihre Freunde ein. „Natürlich glauben wir nicht, dass er irgendeine Chance hat, Lord Ainsley zu schlagen, vor allem nicht nach der Verletzung, die er im vergangenen Herbst hatte, aber letztes Jahr hätte er beinahe das Triple Crown für uns gewonnen.“

Samantha war wütend. Stolz schien die Besucher draußen vor seiner Box zu stören. Er stampfte mehrfach auf und bewegte sich unruhig. „Er bleibt, wo er ist, Lavinia“, erklärte sie knapp.

Lavinia drehte sich auf dem Absatz um und starrte Samantha ungläubig an. „Seit wann hat mir eine Stallhelferin zu sagen, was ich mit meinem Pferd tun kann und was nicht? Ich sagte, bring ihn hier heraus!“

Samantha schaute der jungen Frau fest in die Augen. „Er gehört Ihnen nicht und von Ihnen nehme ich keine Befehle entgegen, Lavinia. Ich akzeptiere nur Befehle von Charlie und Aileen.“

Zornesröte stieg in Lavinias Wangen. „Er ist ein Pferd von Townsend Acres, deshalb habe ich sehr wohl etwas zu sagen. Dann hole ich ihn eben selbst heraus. Gib mir den Führstrick."

„Nein. Er bleibt hier in seiner Box." Vor allem von dir lasse ich ihn nicht hinausführen, dachte sie bei sich.

Plötzlich hörte Samantha Charlies bellende Stimme. „Was geht hier vor?", fragte er schroff. Der alte Mann kam drohend herbeigestürmt.

„Ich glaube, es wird Zeit, dass Sie eine andere Stallhelferin einstellen", erklärte Lavinia. „Sie hat sich geweigert Stolz herauszubringen, damit ich ihn ein bisschen herumführen kann. Ich möchte, dass meine Freunde ihn sich einmal anschauen können."

„Sammy befolgt nur meine Anweisungen. Stolz bleibt da, wo er ist", erklärte Charlie entschlossen. „Ihre Freunde können ihn vor dem Rennen noch lange genug im Führring bewundern."

„Es ist doch albern, das Pferd so abzuschotten", fauchte ihn Lavinia an. „Was soll es ihm denn schaden, wenn er ein paar Minuten hier draußen auf und ab geht?"

„Haben Sie das auch mit Lord Ainsley gemacht? Ihn allen Gaffern vorgeführt?", fragte Charlie.

„Das ist doch etwas anderes."

„Wieso das? Soweit ich weiß, treten beide beim gleichen Rennen an. Sie finden, dass es in Ordnung ist, Stolz in Unruhe zu versetzen, aber bei Ihrem Pferd ist das nicht erlaubt."

„Es besteht nicht ein Fünkchen Hoffnung, dass Stolz das Rennen gewinnt", erklärte Lavinia schnippisch.

Einen Augenblick lang huschte ein verstohlenes Lächeln über Charlies Lippen, dann antwortete er schroff: „Wie ich schon sagte, Ihre Freunde können ihn später im Führring gründlich begutachten. Jetzt bleibt er, wo er ist." Er wandte sich an Samantha. „Wenn er sich beruhigt hat, kannst du das obere Gatter schließen. Lass ihn ruhig noch eine Runde schlafen, wenn er will."

Samantha nickte und tätschelte Stolz ein letztes Mal. Sie war so wütend, dass sie richtig zitterte. „Sie gehen ja schon, mein Junge. Sie werden dich nicht mehr belästigen." Stolz schnaubte sanft in Samanthas Hand.

Lavinia hatte sich wieder ihren Freunden zugewandt. „Wirklich lächerlich, nach diesem Rennen wird er wahrscheinlich sowieso aufs

Altenteil geschickt. Er ist nur noch für die Zucht zu gebrauchen. Kommt, schauen wir, wo Brad ist. Ich lade euch alle zum Lunch in das Clubhaus ein." Lavinia und ihre Freunde stolzierten davon.

Samantha schlüpfte aus der Box und schloss beide Hälften der Tür hinter sich.

Charlie schob seinen Filzhut aus dem Gesicht. Seine blauen Augen glitzerten gefährlich. „Ich werde mal ein Wort mit Clay Townsend reden müssen, wenn er hier auftaucht. Das hier gerät allmählich total aus den Fugen."

„Glaubst du, dass das etwas hilft?", fragte Samantha. „Lavinia bekommt doch immer genau das, was sie will."

„Das werden wir noch sehen", erklärte Charlie. „Auf jeden Fall sollten wir beide hier stets die Box von Stolz im Auge behalten, bevor es Zeit wird, ihn für das Rennen herauszuführen."

Kapitel 4

Samantha hörte anerkennendes, aufgeregtes Gemurmel aus der Menge, die den Sattelplatz und Führring umstand, als sie und Charlie Stolz mit dem restlichen Feld für das Nassau County Handicap herausführten. Das kupferbraune Fell des jungen Hengstes glänzte unter der grün-goldenen Decke von Townsend Acres. Sein Kopf war hoch erhoben und er spitzte freudig seine Ohren, als er die Bewunderung der Fans wahrnahm.

Lavinia und Brad standen auf der anderen Seite des Sattelplatzes. Samantha sah, wie sie und Clay Townsend mit einigen Reportern sprachen. Charlie hatte am frühen Nachmittag ein ernstes Gespräch mit Mr. Townsend geführt und dieser hatte versprochen, dass er sich Lavinia mal vornehmen würde. Aber Samantha bemerkte bekümmert, dass Lavinia noch genauso selbstbewusst wirkte wie immer. Was auch immer Mr. Townsend ihr gesagt haben mochte, es hatte jedenfalls keine große Wirkung erzielt.

Samantha ließ ihren Blick über den Platz zu Lord Ainsley wandern, der gerade von Hank und Ken Maddock, dem Cheftrainer von Townsend Acres, hergebracht wurde. Sie musste zugeben, dass der große dunkle Braune super aussah. Seine Ohren waren gespitzt und sein Gang war wach und energisch. Seine Muskeln spannten sich unter der Decke von Townsend Acres, die auch er trug. Da Lord Ainsley und Stolz für denselben Stall antraten, würden sie auch als eine Nummer zählen – Lord Ainsley würde die Nummer 1 auf dem Satteltuch tragen, Stolz dic Nummer 1A. Sie wurden auf der Wetttafel als eine Meldung aufgeführt, so dass die Quoten für beide gleich hoch waren, obwohl man hinter den Kulissen viel darüber spekuliert hatte, welches das bessere Pferd war.

Stolz schien für die meisten Rennbesucher der gefühlsmäßige Liebling zu sein, aber viele Menschen machten sich Sorgen, ob er nach seiner Verletzung und der langen Pause wieder eine gute Leistung bringen würde. Natürlich hatte Lavinias und Brads negative Stimmungsmache diese Zweifel verstärkt. Samantha war es gleichgültig, ob die Leute auf den Sieg von Stolz wetteten oder nicht. Sie wusste, dass er all seine Fähigkeiten hier erneut unter Beweis stellen würde.

Sie warf einen Blick zurück zu den Townsends. Mr. Townsend musterte intensiv die beiden Pferde, die sein Gestüt hier vertraten. Samantha überlegte, was er wohl denken mochte. Gehörte seine Unterstützung Stolz, den er selbst auf Townsend Acres großgezogen hatte? Oder hatte er vielleicht Zweifel, ob Stolz gewinnen konnte? Für Townsend Acres war es eigentlich nicht so wichtig, welches Pferd gewann, das Gestüt würde in beiden Fällen profitieren.

Aileen wartete am Sattelplatz. Ihr Gesicht war blass, wirkte aber grimmig entschlossen. Samanthas Wut auf Lavinia und Brad wurde immer größer. Dies sollte eigentlich ein glücklicher Tag für Aileen sein. Stolz kehrte ins Renngeschehen zurück und Aileens Hochzeitstag rückte immer näher. Aileen sollte lächeln und nicht die Stirn runzeln und sich Sorgen machen.

„Nun, er sieht wirklich prächtig aus“, meinte Aileen, als sie ihm die Decke abnahm und zusammenfaltete. Sie warf einen Blick in die Nachbarbox, wo Ken Maddock damit beschäftigt war, Lord Ainsley das Zaumzeug anzulegen. „Die Konkurrenz aber auch.“

Samantha sah, wie Brad und Lavinia zur Box von Lord Ainsley schlenderten. „Hier kommen sie“, flüsterte sie. Aileen machte sich an der Trense von Stolz zu schaffen, aber Brad und Lavinia schauten nicht einmal zu ihnen hin, als sie vorbeigingen. Einen Augenblick später tauchte Mr. Townsend an der Box von Stolz auf.

„Was denken Sie, Charlie?“, fragte er, als er zu seinem alten Trainer trat. „Sind Sie sicher, dass er soweit ist, heute ein volles Rennen durchzustehen?“

„Er ist mehr als bereit, er drängt buchstäblich darauf, zu zeigen, was in ihm steckt.“

Mr. Townsend schaute ihn nachdenklich an. „Ich würde ihn gern gewinnen sehen“, erklärte er.

Samantha warf Mr. Townsend einen überraschten Blick zu. Sie war entzückt, dass er auf der Seite von Stolz stand.

„Allerdings bin ich ein bisschen hin und her gerissen“, fuhr der Gestütsbesitzer fort. „Ich möchte auch nicht, dass mein Sohn enttäuscht ist. Vielleicht hatte Brad Recht, als er vorschlug, die beiden Pferde nicht in einem Rennen gegeneinander antreten zu lassen.“ Er runzelte die Stirn. „Aber jetzt ist es zu spät, sich darüber Gedanken zu machen. Ich weiß, dass Stolz sein Bestes geben wird, wie auch immer das Rennen ausgehen mag. Wie fühlen Sie sich, Aileen?“, wandte er sich besorgt an die Trainerin.

„Besser, danke, Mr. Townsend. Aber ich glaube, ich habe die richtige Wahl getroffen, als ich Jilly bat, für mich zu reiten.“

„Sie ist ein toller Jockey. Ich habe da keine Bedenken.“

Charlie hatte unter den wachsamen Augen eines Offiziellen Stolz das Zaumzeug angelegt. Stolz legte wie gewöhnlich beste Manieren an den Tag und stand absolut still, aber Samantha wusste, wie begierig er darauf war, dass das Rennen endlich losging. Sie schaute sich um und entdeckte, dass auch Lord Ainsley sehr ruhig schien, obwohl eines der anderen Pferde weiter unten eine ganz schöne Show abzog.

„Komm, bring ihn weg von hier und bewege ihn ein bisschen, Sammy“, forderte Charlie sie auf und tätschelte die Schulter des jungen Hengstes noch einmal zum Abschied. Samantha nahm den Führstrick in die Hand und zog Stolz hinter sich her. Während sie den Führring umrundeten, vernahm Samantha viele bewundernde Rufe aus der Menge und spürte, wie Dutzende von Augen sie und Stolz beobachteten. „Super, dass er wieder dabei ist!“, rief jemand. „Er sieht wirklich prächtig aus“, meinte ein anderer.

Es stand außer Frage, dass Stolz in toller Verfassung war, aber Samantha stellte fest, dass auch Lord Ainsley seine Bewunderer hatte.

„Du kannst ihn schlagen, Junge", flüsterte Samantha Stolz zu. „Vielleicht ist er ein ganz gutes Pferd, aber du bist besser." Samantha sah Lavinia und Brad zuversichtlich lächeln, als sie zuschaute, wie ihr Pferd den Ring umrundete. Sie hoffte, dass keiner von den beiden nach dem Rennen noch einen Grund zum Lächeln haben würde.

Ein paar Minuten später betraten die Jockeys den Ring. Samantha hielt Stolz an, als Charlie, Aileen und Jilly näher kamen. Jilly sah ganz professionell und selbstbewusst aus in ihrem seidenen Reitanzug. Sie und Craig hatten bereits früher am Tag Siege geritten und Jilly ließ sich anscheinend durch nichts aus der Ruhe bringen. Samantha war der Meinung, dass Aileen genau die richtige Entscheidung getroffen hatte, als sie Jilly bat, an ihrer Stelle zu reiten.

„Ich glaube nicht, dass du noch irgendwelche Instruktionen von mir oder Aileen brauchst." Charlie half Jilly hoch in den Sattel.

„Nein. Ich habe meine Taktik festgelegt. Vielleicht sollte ich euch noch sagen, dass Le Blanc im Aufenthaltsraum der Jockeys eine große Show abgezogen hat. Er hat sich schon vorher als Sieger inszeniert. Ich glaube, dass er uns ganz schön unterschätzt."

Bei diesen Worten lächelte Aileen endlich wieder einmal.

„Unterschätz nur du die beiden nicht", warnte Charlie seinen weiblichen Jockey.

„Ich werde ganz bestimmt nicht den gleichen Fehler machen."

„Viel Glück", brummelte Charlie, während Samantha Stolz und Jilly noch eine weitere Runde um den Führring begleitete.

Samantha richtete ihr Fernrohr auf den Startplatz, wo das Feld versammelt war und nach dem Aufwärmen in die Startboxen ging. Obwohl Stolz die Startnummer 1A trug, startete er aus Position vier. Das war eigentlich nicht schlecht, aber Jilly würde ihn schnell rausbringen müssen, um sich an den innen laufenden Pferden vorbei an die Spitze zu setzen. Lord Ainsley startete in Box zwei.

Wie üblich ließ Stolz brav das Startprozedere über sich ergehen und stand wartend da, während der Rest des Feldes seinen Platz einnahm. Auch Lord Ainsley stand ruhig da. Schließlich waren alle Pferde bereit. Es folgte eine Minute der Anspannung, dann fiel der

Startschuss und die Boxen öffneten sich. Acht Pferde stürmten auf das Feld. Samantha war begeistert, als sie sah, wie gut Stolz weggekommen war. Nach zwei Sätzen übernahm er die Führung. Jilly lenkte ihn weiter nach innen zur Bande. Einer der Schnellstarter aus dem Feld, Orbital, setzte sich als zweiter hinter ihn, Lord Ainsley folgte direkt dahinter als dritter, ein Platz, den er zu Beginn eines Rennens gern einnahm.

Stolz führte das Feld bis zum ersten Bogen an. Jilly hatte die Zügel fest in der Hand und achtete darauf, dass er etwa eine Länge Abstand zu den Verfolgern hielt. Samantha wusste, dass Jilly versuchte ihn in einem versammelten Galopp laufen zu lassen, damit er noch genügend Kraft für den Endspurt besaß, wenn Lord Ainsley ihn auf der Zielgeraden herausfordern würde.

„Genau so ist es richtig, Jilly“, murmelte Aileen, „das machst du hervorragend.“

Samantha warf einen Blick nach rechts und sah, dass es Aileen nicht mehr auf ihrem Platz hielt, sondern dass sie sich weit nach vorn beugte, so als sitze sie selbst im Sattel.

„Sie kommen jetzt auf die Gegengerade“, verkündete der Sprecher. „Wunders Stolz führt noch immer. Er läuft in gemäßigtem Galopp, vierundzwanzig für die Viertelmeile, sechsundvierzig für die halbe Meile, aber Jilly Gordon lässt ihn nicht mit vollem Tempo laufen. Lord Ainsley ist noch immer Dritter, gefolgt von Phone Line und Mari's Pleasure. Der Rest des Felds ist weit abgeschlagen. Jetzt kommen sie zum Schlussbogen und Le Blanc gibt dem englischen Pferd mehr Zügel. Außen schließt er zu Orbital auf. Jilly Gordon scheint noch immer unberührt von dem, was hinter ihr passiert, sitzt ruhig im Sattel. Aber Lord Ainsley wird schneller. Während sie jetzt in den Bogen gehen, schießt er an Orbital vorbei.“

Samantha sah, wie Jilly unter dem Arm hindurch einen kurzen Blick nach hinten auf das Verfolgerfeld warf. Lord Ainsley kam schnell näher, aber Stolz hatte einen guten Rhythmus und noch einiges in petto. Das wusste sie.

„Jetzt!“, rief Aileen, als Stolz sich der Geraden näherte und Lord Ainsley schon fast an seinen Hinterflanken war. „Lass ihn laufen! Ja, genau so!“, rief sie mit heiserer Stimme. Stolz setzte zum Handwechsel an und während Jilly die Zügel nachgab, erhöhte er mühelos das Tempo. Es war ein erstaunliches Bild, das sich da bot – selbst für Samantha, die ihn so oft geritten hatte und die wusste, wozu er fähig war. Er löste sich von Lord Ainsley und baute seine Führung auf eine Länge aus.

„Und jetzt kommen sie die Zielgerade entlanggeschossen!", tönte die schrille Stimme des Ansagers aus dem Lautsprecher. „Wie erwartet läuft alles auf einen Zweikampf zwischen Stolz und Lord Ainsley hinaus. Wunders Stolz führt mit einer Länge, ohne dass Jilly Gordon nachhelfen muss. Aber Lord Ainsley hat auch noch eine Menge drauf! Er rückt auf und will es wissen. Sie sind jetzt am sechzehnten Pfosten und nur noch eine halbe Länge voneinander entfernt. Jetzt ist Lord Ainsley direkt hinter Wunders Stolz, der eng an der Bande dahinfliegt. Le Blanc setzt links die Peitsche ein, während Jilly Gordon den großen Fuchs und Derby-Sieger noch immer nur mit der Hand lenkt. Und er hat noch nicht alles gezeigt, was in ihm steckt! Er baut erneut seine Führung aus! Er stürmt einfach unglaublich drauf los. Er versucht, den Abstand ständig zu vergrößern. Lord Ainsley wird ihn nicht mehr einholen können. Und endlich ist er durchs Ziel! Wunders Stolz gewinnt mit eineinhalb Längen! Er ist die letzte Viertelmeile in sagenhaften zweiundzwanzig Sekunden gelaufen! Unglaublich! Eine phantastische Rückkehr auf die Rennbahn!"

Die Menge klatschte und bejubelte den Sieger. Samantha und Aileen fielen sich jubelnd in die Arme und tanzten vor Freude. Auf dem Feld hatte Jilly siegreich die Faust in die Höhe gereckt. Selbst aus der Entfernung konnte Samantha das strahlende Lächeln auf Jillys Gesicht sehen. Sie kannte allerdings zwei Menschen im Lager der Townsends, denen jetzt gar nicht zum Lachen zumute sein würde.

Lavinia sah aus, als würde sie am liebsten jemanden umbringen, als sie den Siegerkreis betrat. Brad machte auch nicht gerade einen viel glücklicheren Eindruck. Mr. Townsend dagegen schien entzückt.

„Warum bleiben Brad und Lavinia nicht einfach weg?", murmelte Samantha leise Aileen zu, als sie neben dem Kopf von Stolz Position bezogen, während Jilly zum Wiegen abstieg.

„Das würden sie niemals tun", antwortete Aileen. „Sie müssen immer im Rampenlicht stehen. Selbst wenn sie eigentlich wütend darüber sind, dass Stolz gewonnen hat. Aber er ist immerhin ein Pferd aus dem Stall der Townsends.“

Samantha kochte vor Wut, als sie sah, dass sich Lavinia und Brad neben Aileen und Mr. Townsend für das Siegerphoto postierten. Danach hörte sie, wie Lavinia ärgerlich zu Brad sagte: „Sie haben Lord Ainsley ganz oben an der Zielgraden behindert. Ich bin mir sicher, dass ich genau gesehen habe, wie Stolz nach Lord Ainsley getreten hat.“

„Le Blanc hat aber nichts gesagt. Er hätte bestimmt einen Protest eingereicht, wenn es irgendeine Behinderung gegeben hätte“, antwortete Brad und widersprach damit erstaunlicherweise einmal seiner Frau. Samantha hörte aufmerksam zu, aber keiner von ihnen sagte noch etwas zu dem Thema, obwohl Lavinia noch immer wütend wirkte. Dann war es Zeit, Stolz von der Rennbahn wegzubringen.

„Vielen Dank, Charlie.“ Mr. Townsend verabschiedete sich, bevor er den Siegerkreis verließ. „Sie und Aileen haben hervorragende Arbeit geleistet, um ihn wieder so in Form zu bringen. Er ist heute wie ein wirklicher Champion gelaufen.“

„Dafür brauche ich keinen Dank“, erwiderte Charlie brummig. Aber Samantha sah, dass Lavinia die Worte ihres Schwiegervaters mitgehört hatte. Ihr Gesicht war kreidebleich.

„Was meint ihr? Sollten wir ihn für das Suburban melden?“, fragte Clay Townsend Charlie und Aileen. „Brad wird dort Lord Ainsley laufen lassen. Oder wäre es besser, bis zum Saratoga-Rennen zu warten?“

Charlie rieb sich das Kinn. „Ich glaube zwar, dass er durchaus soweit sein sollte, das Suburban zu laufen, aber warten wir erst mal ab, wie es ihm jetzt nach dem Rennen geht.“

„Also ich finde, dass er ganz gut aussieht“, stellte Mr. Townsend mit einem Lächeln fest.

„Ja. Das Rennen scheint ihn nicht allzu viel Kraft gekostet zu haben.“

„Ich werde später noch einmal bei seiner Box vorbeischauen, bevor ich nach Lexington zurückfahre“, fügte Mr. Townsend hinzu.

Samantha hatte sich inzwischen wieder beruhigt, Stolz gewaschen und gefüttert und ihn zu seiner Box zurückgebracht, als Jilly von den Aufenthaltsräumen der Jockeys zurückkam, wo sie geduscht und sich umgezogen hatte. Craig war bei ihr. Aileen und Charlie standen draußen vor der Box und diskutierten mit einem Reporter von der Daily Racing Form über das Rennen.

„Und wie hat er das Rennen überstanden?“, fragte Jilly, nachdem der Reporter verschwunden war.

„Bestens“, erwiderte Charlie. „Als hätte er nur einen kleinen Nachmittagsspaziergang gemacht. Kein Anzeichen von Stress, auch das Bein ist okay.“

„Nun, ich kann sagen, dass Le Blanc gar nicht glücklich aussah, als ich ihm im Aufenthaltsraum der Jockeys über den Weg gelaufen bin“, erzählte Jilly. „Er sagte, Lavinia und Brad hätten ihn wegen seiner Renntaktik buchstäblich in der Luft zerrissen. Lavinia hat von ihm verlangt, einen Protest einzulegen, aber er weigerte sich, weil es einfach keine Behinderung gegeben hat.“

„Ich denke nicht, dass das Lavinia gefallen hat“, stellte Aileen fest.

„Nein, aber ob ihr es glaubt oder nicht, Brad hat sich hinter Le Blanc gestellt und Lavinia erklärt, dass es eine sehr schwere Beschuldigung sei, einem Jockey Behinderung vorzuwerfen, und dass man einen Protest nur dann einlegen könne, wenn man Beweise für eine absichtliche Behinderung hat.“

„Das zeigt doch ganz deutlich, wie wenig Lavinia von Pferderennen versteht“, meldete sich Samantha zu Wort.

„Le Blanc hat mir erzählt, dass er Stolz völlig unterschätzt hat, dass er ihm nicht die Führung hätte überlassen dürfen“, fügte Jilly hinzu. „Er sagte, dass ihm das nicht nochmal passieren würde.“

„Hm“, meinte Charlie. „Vielleicht sollten wir Stolz doch nicht in das Suburban schicken. Es ist vielleicht wirklich zu problematisch, die beiden Pferde gegeneinander laufen zu lassen.“

Kurz darauf tauchte Mr. Townsend vor der Box von Stolz auf. „Ich will jetzt losfahren“, erklärte er, „und wollte nur noch mal kurz vorbeischauen, ob hier alles in Ordnung ist. Wie geht es Stolz?“

„Oh, alles ist bestens“, erwiderte Charlie.

„Das war wirklich ein schöner Tag für unser Gestüt“, freute sich Mr. Townsend. „Das hat es lange nicht mehr gegeben. Unsere Pferde waren Erster und Zweiter. Bringen Sie Stolz morgen zurück?“

„So ist es geplant“, bestätigte Charlie. „Er braucht jetzt ein paar Tage Ruhe. Dann können wir entscheiden, für welche Rennen wir ihn melden.“

„Ich komme dann in Whitebrook vorbei“, verabschiedete sich Mr. Townsend. „Und danke noch einmal für die hervorragende Arbeit, die ihr alle geleistet habt.“ Er lächelte sie noch einmal an und verschwand dann in Richtung von Lord Ainsleys Box, wo sich Ken Maddock zu ihm gesellte.

„Schaut mal, wer hier ist“, bemerkte Samantha mit säuerlicher Stimme. Brad und Lavinia kamen mit einer Gruppe von Freunden auf die Boxen zu.

„Ich hoffe, sie lassen uns in Ruhe“, murmelte Charlie.

Während sie an der Box von Stolz vorbeigingen, schaute Lavinia absichtlich kurz Aileen und Charlie an, bevor sie etwas so laut zu ihren Freunden sagte, dass die anderen es mitbekommen mussten. „Es ist ja eine Sache, ein Rennen fair zu gewinnen … aber wenn man es mit hinterhältigen Tricks zu tun hat und bestimmte Leute in letzter Minute die Rennstrategie ändern … Nun, das mindert den Sieg doch ein bisschen, nicht wahr?“ Sie lächelte und zog dann mit ihrem Gefolge weiter.

„Wenn sie nicht bald ihren Mund hält, werde ich ihn ihr ordentlich stopfen“, regte sich Aileen auf.

„Verschwende doch nicht deine Energie auf sie“, beruhigte Charlie sie. „Das ist doch nur dummes Gerede.“

„Ja, aber solche Gerüchte schaden unserem Ruf“, erwiderte Aileen, die noch immer außer sich war vor Wut.

„Was ich nicht verstehe, ist, warum Brad sie ständig das große Wort führen läßt und selbst nichts sagt.“ Jilly runzelte die Stirn.

„Ich weiß gar nicht, ob ihm das bewusst ist“, bemerkte Aileen trocken. „Ich glaube, er ist so vernarrt in sie, dass er sie einfach machen lässt. Und meistens ist er bestimmt auch einer Meinung mit ihr.“

Jilly wiegte den Kopf. „Sie sind schließlich ein Paar, oder? Aber zumindest ist Mr. Townsend ganz auf eurer Seite.“

„Für den Augenblick zumindest“, stimmte ihr Aileen zu.

Kapitel 5

Alle Freunde von Samantha waren begeistert über den Sieg von Stolz über Lord Ainsley. Maureen war nur enttäuscht, dass Samantha jetzt am Ende des Schuljahres darüber keinen Artikel mehr für die Schulzeitung schreiben konnte. Tor hatte Samantha am Flughafen abgeholt. Er hatte ihr gratuliert und ganz glücklich erzählt, dass er Top Hat am Wochenende zum ersten Mal seit mehr als zwei Monaten wieder geritten und ihm dabei sein Arm gar keine Probleme bereitet habe.

„Ich muss es natürlich langsam angehen“, hatte er mit einem Lächeln erklärt, „aber ich müsste es schaffen, mit Sierra in dieser Woche ein leichtes Training zu absolvieren. Ich muss ja auch allmählich in Form kommen. Es sind ja nur noch vier Wochen bis zum Hindernisrennen in Atlantic City.“

Und das waren lange vier Wochen, wusste Samantha. Es standen die Abschlussprüfungen an und das große Abschlussfest der Klasse. Und natürlich mussten sie weiterhin mit Stolz und Sierra arbeiten.

Auf Whitebrook gab es auch wegen eines anderen Ereignisses jede Menge Aufregung. Am Samstag nach dem Sieg von Stolz im Nassau-Rennen kam seine Mutter, Aileens Wunder, zusammen mit ihrem drei Wochen alten neuen Fohlen, einem staksigen kleinen Hengst, auf Whitebrook an. Aileen und Mike hatten sie selbst mit dem Transporter vom Gestüt von Aileens Eltern in Lexington abgeholt, wo Wunder die vergangenen zwei Jahre verbracht hatte. Aileen strahlte über das ganze Gesicht, als sie die wunderschöne Fuchsstute herausführte. Samantha kümmerte sich um Wunders Fohlen, obwohl der kleine Hengst nicht gewillt war, seiner Mutter von der Seite zu weichen und auf seinen langen staksigen Beinen ständig hinter ihr herhoppelte.

„Ich bin so froh, dass du hier bist, mein Mädchen!" Aileen küsste Wunder auf die Nasenspitze. Die Stute wieherte freudig, schaute sich dann aber besorgt nach ihrem Fohlen um. Erst als der Hengst neben ihr war, schaute sich die Stute neugierig die Umgebung an.

Clay Townsend war Mitbesitzer der erfolgreichen Stute, die auf Townsend Acres aufgezogen und trainiert worden war. Auch während ihrer aktiven Rennzeit hatte sie dort gelebt, aber als es auf Townsend Acres vor zwei Jahren ernsthafte Probleme mit dem Zuchtmanager gab, hatte Mr. Townsend Aileen erlaubt, die Stute auf das Gestüt ihrer Eltern zu bringen. Und jetzt, da Aileen heiratete, hatte Mr. Townsend sich einverstanden erklärt, dass Aileen Wunder nach Whitebrook brachte. Aber das war mit bestimmten Bedingungen verknüpft. Er hatte darauf bestanden, dass das letzte Fohlen von Wunder, Townsend Princess, auf Townsend Acres trainiert wurde.

„Es hat mir wirklich das Herz gebrochen, Princess nach Townsend Acres abfahren zu sehen", gestand Aileen, „obwohl Hank sie selbst abgeholt hat. Es macht mich krank, wenn ich daran denke, dass Lavinia oder Brad bei ihrer Ausbildung etwas zu sagen haben."

„Ich verstehe, was du meinst", stimmte ihr Samantha zu.

„Aber wenigstens ist Wunder hier", versuchte Mike Aileen aufzuheitern. „Und dieser kleine Kerl hier sieht aus, als sei er etwas ganz Spezielles."

Samantha fuhr dem Fohlen mit der Hand über die dichte Mähne. „Er sieht ganz wie Stolz aus, nicht wahr?"

„Sein Fell wird vielleicht einmal ein bisschen dunkler werden", urteilte Aileen fachmännisch, „aber er sieht wirklich gut aus."

„Habt ihr schon einen Namen für ihn?"

„Ich habe überlegt, ihn Mr. Wonderful zu nennen. Mr. Townsend scheint das zu gefallen."

Samantha lachte leise in sich hinein. „Mr. Wonderful ... ja, mir gefällt der Name auch."

Charlie kam aus dem Stall auf sie zugeschlurft. Obwohl er nicht wirklich lächelte, umspielte doch ein glückliches Zwinkern seine Augen, als er die Stute begrüßte, die er und Aileen zu einem Champion gemacht hatten.

„Hab' dich vermisst, kleine Lady", sagte er, als er mit seiner wettergegerbten Hand ihren schlanken Hals streichelte. „Und ein hübsches Baby hast du da."

Wunder schnaubte zustimmend, dann stupste sie Charlie mit der Nase an der Schulter.

„Hast mich nicht vergessen, was?" Der alte Trainer freute sich sichtlich. „Und wie ich sehe, hat man sich gut um dich gekümmert."

„Das kannst du wohl laut sagen, Charlie", erklärte Aileen und lächelte. „Aber ich glaube, jetzt sollten wir sie erst mal in ihre Box bringen. Dir wird es hier gefallen, mein Mädchen", sagte Aileen zu Wunder. „Und du wirst hier Stolz, deinen Sohn, treffen. Und auch deine alte Freundin Wirbelwind. Sie ist jetzt auch gerade Mutter geworden."

Sie gingen quer über den Hof zum Stall für die Stuten, wo Aileen bereits eine geräumige Box für Wunder und ihr Fohlen vorbereitet hatte. Nachdem Mutter und Kind versorgt waren, sah Samantha auf die Uhr. „Ich muss mich umziehen gehen", erklärte sie. „Heute ist Yvonnes Turnier. Tor holt mich gleich ab."

„Sag Yvonne, dass wir ihr viel Glück wünschen", bat Aileen sie. „Ich hoffe, sie gewinnt ein blaues Band."

„Ich glaube, sie könnte es schaffen", rief Samantha noch, als sie bereits auf ihr Haus zulief.

Ihr Vater war in der Küche und machte sich gerade eine Tasse Kaffee, als sie das Haus betrat. Er lächelte sie breit über das ganze Gesicht an. „Ich habe euch durch das Fenster beobachtet", gestand er. „Es ist ein gutes Gefühl, Wunder wieder hier zu wissen. Ich vermute, Aileen ist ziemlich glücklich darüber."

„Das ist wohl sicher. Es hilft ihr, ein paar der Gemeinheiten von Brad und Lavinia schneller zu vergessen."

Mr. McLean blickte finster drein. „Mit den Townsends ist doch immer etwas, nicht wahr? Aileen verdient wirklich etwas Besseres." Ian McLean sprach aus Erfahrung. Er war Assistent des Cheftrainers auf Townsend Acres geworden, als sie beide vor vier Jahren nach Lexington gekommen waren. Er hatte diverse Auseinandersetzungen mit Brad gehabt und war schließlich von Townsend Acres nach Whitebrook gewechselt, weil er die Streitereien satt hatte. „Du solltest dich besser beeilen", ermahnte er sie. „Tor müsste jeden Augenblick hier sein. Und ich möchte mich auch noch duschen und umziehen. Ich fahre nach Lexington rein."

Samantha fand es zwar etwas seltsam, dass ihr Vater noch einmal duschen wollte, nur weil er nach Lexington fuhr. Er hatte dort für gewöhnlich nur ein paar Besorgungen zu machen, aber sie war zu spät dran, um ihn noch zu fragen, was er vorhatte. Sie flog buchstäblich die Treppe nach oben zu ihrem Zimmer.

Eine Stunde später betrat sie gemeinsam mit Tor den Reitstall, der Tor und seinem Vater gemeinsam gehörte. Samantha hatte ein paar Kilometer auf der Strecke in die Stadt das Auto selbst gesteuert, aber nur auf einer etwas ruhigeren Landstraße. Sie hatte zwar schon ihre schriftliche Fahrprüfung bestanden, hatte aber in diesem Frühling zu viel zu tun gehabt, um genügend Fahrpraxis für die praktische Prüfung zu bekommen.

Yvonne war bereits im Reitstall und bereitete Cisco für den großen Auftritt in der Gruppe der Fortgeschrittenen vor. Zu Frühlingsbeginn hatte Tor Cisco nach Whitebrook gebracht, um bei Sierras Springtraining mitzuhelfen. Yvonne hatte ihn damals geritten und es hatte ihr so viel Spaß gemacht, dass sie Tor fragte, ob sie ihn regelmäßig reiten dürfe. Cisco hatte ein gewisses Potential, aber er brauchte ein konzentriertes Training, für das zu diesem Zeitpunkt weder Tor noch sein Vater die nötige Zeit aufbringen konnten. Doch Yvonne hatte Zeit und unter Tors Anleitung hatte sie wirklich erstaunliche Fortschritte mit dem grauen Vollblutwallach gemacht. Heute war ihr erster gemeinsamer Auftritt und Yvonne war verständlicherweise ziemlich nervös.

„Hallo, meine Lieben", begrüßte Yvonne Samantha und Tor. „Ich komm' gleich raus. Ich bin fast fertig." Sie flocht den letzten Zopf in der Mähne des Wallachs zu Ende und trat einen Schritt zurück, um ihre Arbeit zu begutachten. Sie nickte. „Ich war mir nicht sicher wegen der Zöpfe“, gestand Yvonne. „Aber jetzt sieht das eigentlich ganz gut aus, oder?“

„Er sieht super aus“, lobte Tor sie, „und ich glaube, er weiß es auch.“

Yvonne nickte. „Ich hoffe nur, dass alles noch so lange hält, bis wir an der Reihe sind.“ Yvonne trug noch immer ihre Jeans, obwohl sie das Haar bereits ordentlich zu einem Pferdeschwanz am Hinterkopf gebunden hatte. Sie kam aus Ciscos Box und verschloss die Tür hinter sich. „Wow! Ich glaube, ich bin ganz schön nervös, sag’ ich euch.“

„Das ist doch jeder“, beruhigte Samantha sie.

„Kann ich nicht beurteilen. Hier laufen eine ganze Menge Leute von anderen Gestüten herum und sie wirken auf mich alle ziemlich selbstbewusst und kein bisschen aufgeregt.“

Tor lachte. „Natürlich versucht jeder seine Aufregung zu verbergen. Aber ich kenne nicht viele gute Reiter, die vor einem großen Auftritt nicht nervös sind.“

Und Tor muss das wirklich wissen, dachte Samantha. Er und Top Hat hatten in ihrer Disziplin bei der National Horse Show in New York im vergangenen Winter gewonnen.

„Wo ist denn dieser Gregg?“, fragte Samantha ihre Freundin. „Ich dachte, du hättest mir versprochen, dass ich ihn endlich kennen lernen darf.“

„Er ist schon da“, erklärte Yvonne und lächelte. „Er dreht nur gerade mit Maureen eine Runde. Sie müssten jeden Augenblick wieder zurück sein.“

„Ihr tretet doch nicht gegeneinander an, oder?“

Yvonne schüttelte den Kopf. „Falls das der Fall wäre, wäre ich wirklich am Boden zerstört. Nein, er reitet noch nicht so lange wie ich. Er startet in der Grad-II-Gruppe.“

„Und macht sich da ganz gut“, erzählte Tor Samantha. „Aber ich sollte besser gehen“, fügte er hinzu. „Ich muss meinem Vater noch zur Hand gehen, immerhin richten wir ja diese Veranstaltung aus. Ich habe für euch wirklich gute Plätze reserviert und komme dann zu euch, sobald ich kann.“ Er drückte Samantha zum Abschied liebevoll die Hand, bevor er in Richtung des Büros verschwand.

Es war ein wunderschöner, warmer Tag und die meisten Klassen würden draußen auf der offenen Reitbahn ihren Auftritt haben. Nur die Ponyklassen sollten auf der überdachten Bahn ihre Prüfungen ablegen.

Überall in den Ställen ging es hoch her. Pferde wurden gestriegelt und spazieren geführt, Zaumzeug wurde poliert. Reiter und Besucher spazierten die Gänge entlang oder standen vor den Ställen in Grüppchen zusammen. Es herrschte ein buntes Treiben drinnen und draußen, wobei sich alle bemühten, nicht allzu laut zu reden, um die Pferde nicht nervös zu machen. Es roch nach Leder, Sattelseife, Heu und Pferden. Samantha genoss das richtig.

„Hier kommen sie." Yvonne zeigte den Gang entlang und klatschte ungewöhnlich nervös die Hände zusammen.

Samantha schaute hoch und entdeckte Maureens Gesicht in der Menge. Neben ihr ging ein breitschultriger junger Mann. Was an ihm besonders auffiel, war sein Kopf mit den roten Locken. „Aha, ein Rotschopf wie ich", hänselte Samantha ihre Freundin.

Yvonne lächelte.

„He, hier ist es ja wirklich super." Maureen klang ganz begeistert. „Und eins ist klar, aus der Nähe sehen die Pferde noch größer aus. Und ihr reitet tatsächlich auf diesen riesigen Tieren! Wahnsinn!"

Samantha lachte. Maureen war nur einen Meter fünfundfünfzig groß. Es überraschte Samantha nicht, dass ihr die Pferde besonders imposant vorkamen. „Daran gewöhnt man sich ganz schnell, Maureen", erklärte sie. „Nach einer Weile bemerkt man ihre Größe gar nicht mehr, es sei denn, man kriegt einen kleinen Tritt ab oder wird aus dem Sattel geworfen."

„Ich glaube, ich bleibe lieber am Boden und schaue nur zu", meinte Maureen.

Samantha hatte bemerkt, dass Gregg und Yvonne sich verliebt ansahen. Dann schien Yvonne wieder einzufallen, dass Samantha Gregg ja noch gar nicht kannte. „Sammy, das ist Gregg Doherty. Und Gregg, das ist meine beste Freundin, Samantha McLean."

Gregg lächelte Samantha an. „Yvonne hat mir schon viel von dir erzählt. Und ich kenne natürlich die ganze Geschichte von Stolz und Sierra."

„Du musst einmal mit Yvonne zu uns nach Whitebrook kommen", lud ihn Samantha ein und lächelte.

„Das würde ich gern machen. Ich würde mir gern mal ein erstklassiges Gestüt ansehen. Meine Eltern haben von meinen Urgroßeltern ziemlich viel Land geerbt und reden schon davon, es zu verkaufen. Aber ich würde sie am liebsten überreden, wenigstens so viele Wiesen zu behalten, dass man ein Gestüt aufbauen kann. Allerdings muss ich noch eine ganze Menge lernen, bis es soweit ist."

„Cisco ist jetzt fertig", informierte Yvonne ihn. „Wollt ihr nicht schon zu euren Plätzen gehen, während ich mich schnell umziehe?"

Draußen wurden etwa ein Dutzend Pferde bewegt. Transporter unterschiedlichster Größen standen auf dem Parkplatz vor dem Stallgebäude und seitlich im Gras. Tor und sein Vater konnten mehr als zufrieden sein, dachte Samantha. Ihre Pferdeschau hatte Top-Pferde aus der ganzen Gegend angelockt.

Sie fanden mühelos ihre reservierten Plätze oben auf der gut gefüllten Mitteltribüne, die um den Ring aufgebaut worden war. Samantha sah Tor und seinen Vater mit den Preisrichtern sprechen, die auf einer erhobenen Plattform saßen, von der aus sie einen guten Überblick über den Ring hatten. Tor schaute zu ihnen herüber und Samantha winkte ihm zu, während sie zu ihren Plätzen hochstiegen. Ein paar Minuten später gesellte sich Yvonne zu ihnen. Sie sah in ihrem Reitanzug sehr elegant aus. Sie trug eine eng anliegende beige Reithose, dazu eine gestärkte weiße Bluse.

Schon nach ein paar Minuten ging es los mit den Novizen. Maureen, immer ganz Reporterin, hatte natürlich ihre Kamera mitgebracht und knipste ein Bild nach dem anderen, während die jungen Reiter ihre Pferde über die zwölf niedrigen Hindernisse unterschiedlichster Art lenkten.

„He, Maureen", neckte Samantha sie. „Heb' noch ein paar Bilder für Gregg und Yvonne auf."

„Oh, ich hab' genügend Filme dabei. Wann fangen denn eure Wettbewerbe an?", fragte Maureen die beiden.

Gregg schaute auf die Uhr. „Meiner beginnt in etwa einer halben Stunde. Ich glaube, ich sollte mich so allmählich fertig machen."

„Viel Glück!", riefen sie ihm zu, als er aufstand.

„Na, was hältst du von ihm?", fragte Yvonne neugierig, als Gregg gegangen war. „Er ist süß, nicht wahr?"

„Kann man sagen", stimmte ihr Samantha zu. Maureen nickte ebenfalls.

„Er ist manchmal ein bisschen schüchtern, wenn er Leute nicht kennt", erklärte Yvonne. „Aber er kann ganz schön aufdrehen, wenn er will. Ich dachte, ich komme vielleicht diese Woche mit ihm mal raus nach Whitebrook, um dir bei der Arbeit mit Sierra zuzuschauen."

„Klar. Eine prima Idee. Vielleicht können wir anschließend alle zusammen ausreiten."

Vierzig Minuten später kam Gregg auf einem stämmigen Braunen, einem Pferd aus Tors Gestüt, hereingeritten. Keiner der sieben Bewerber vor ihm war fehlerlos geritten, einer hatte nur zwei Fehlerpunkte.

„Du kannst es schaffen", flüsterte Yvonne, als Gregg sein Pferd in Bewegung setzte und den ersten Sprung anritt. Samantha und Maureen saßen angespannt da, während Gregg den Parcours absolvierte. Er und sein Pferd übersprangen perfekt die ersten neun Hindernisse, dann gab es eine enge Kehre zu einer Schranke und einer Kombination. Gregg nahm die Wende zu eng. Sein Pferd berührte die Stangen mit der Hinterhand und polternd fielen sie herab.

Yvonne stöhnte. „Vier Fehlerpunkte. Er wird kein Siegerband bekommen."

Gregg versammelte sein Pferd zur abschließenden Zweier-Kombination und übersprang sie problemlos. Sie verließen den Ring unter lautem Beifall, aber Samantha wusste, dass Gregg enttäuscht war. Sie gingen alle hinunter, um auf ihn zu warten, wenn er aus dem Ring ritt.

„Es tut mir Leid für dich." Samantha fühlte mit ihm. „Bis auf dieses eine Hindernis war alles perfekt."

„Tja, solche Fehler können passieren", erwiderte Gregg mit einem netten Lächeln, konnte aber seine Enttäuschung nicht verbergen. „Trotzdem, danke. Wir könnten ja immer noch Zweiter oder Dritter werden. Ich glaube, ich lasse ihn noch aufgezäumt."

Sie blieben bei ihm und schauten sich gemeinsam die letzten beiden Wettbewerber an. Unglücklicherweise absolvierte der letzte Reiter eine fehlerfreie Runde, das bedeutete, Gregg war Dritter. „Na ja, ich brauche mich nicht zu beschweren", erklärte er schon wieder ein bisschen fröhlicher, „es ist ja erst mein zweites Springreiten. Das nächste Mal gewinne ich bestimmt!"

„Das ist die richtige Einstellung", freute sich Yvonne, als Gregg abstieg, um den Ring für die Siegerehrung zu betreten. „Ich bin in knapp einer Stunde an der Reihe. Wenn Gregg sein Band abgeholt hat, werde ich Cisco noch ein bisschen bewegen."

„Ich komme mit, wenn du möchtest", bot Samantha an. Sie wusste, dass Yvonne weniger nervös war, wenn sie mit jemandem reden konnte.

„Klar, wenn es dir nichts ausmacht. Maureen, möchtest du uns auch begleiten?"

„Ich glaube, ich bleibe hier und sehe mir das Turnier der Grad-II-Gruppe an. Das macht wirklich Spaß."

„In Ordnung, bis später."

Maureen eilte zurück auf die Tribüne. Als Gregg mit seinem Pferd und dem Band für den drittbesten Ritt am Kopf seines Pferdes den Ring verließ, waren Samantha und Yvonne schon unterwegs zum Stall. „Ich bin wirklich so aufgeregt wie noch nie", seufzte Yvonne. „Jetzt weiß ich, wie du dich gefühlt haben musst, als du Sierra in dem Hindernisrennen geritten hast. Einige der Reiter, gegen die ich antrete, sind wirklich gut! Sie sind schon bei ziemlich vielen Rennen gestartet."

„Du schaffst das schon", beruhigte Samantha sie. „Tor meint, dass du das Zeug zum Gewinnen hast. Und das würde er nicht sagen, wenn es nicht stimmen würde. Aber selbst wenn du nicht Erste wirst, ist der Wettbewerb doch einfach eine tolle Erfahrung für dich."

„Ja, ich weiß", stimmte Yvonne ihr zu, als sie die Stallungen betraten.

„Ich komme nach, sobald ich mein Pferd versorgt habe", rief ihnen Gregg zu. „Ich treffe euch dann bei der Übungsbahn."

Yvonne nickte und ging mit Samantha zu Ciscos Box. Samantha half Yvonne den Wallach aufzuzäumen. Dann band sich Yvonne ihre Startnummer über die Bluse, so dass sie auf dem Rücken gut erkennbar war.

Hinter den Hauptstallungen lag eine kleine Koppel, die man zum Aufwärmen vorgesehen hatte, ein paar Basishindernisse waren dort aufgebaut. Samantha lehnte sich gegen die Bande, während Yvonne aufsaß und Cisco im Arbeitstrab um die Koppel bewegte, um ihn lockerzureiten.

Kurz darauf kam Tor zu Samantha. „Ist sie nervös?", fragte er.

„Ja, was glaubst du denn?"

Tor lächelte. „Es wäre unnormal, wenn sie das nicht wäre, aber sie wird es schon schaffen. Die Grad-II-Gruppen sind bald fertig. Dann dauert es noch ungefähr fünfzehn Minuten, bis der Parcours für die Fortgeschrittenenklasse aufgebaut ist."

„Was hältst du vom Parcours?", fragte Samantha. „Ich weiß, dass du jemand anderen beauftragt hast, ihn aufzubauen."

„Er ist ziemlich schwierig, aber nichts, was Yvonne nicht meistern könnte. Das Hauptproblem für sie wird sein, Cisco unter Kontrolle zu halten. Du weißt ja, wie gern er zwischen zwei Hindernissen losgaloppieren möchte."

Tor blieb bei Samantha, bis Yvonne die Aufwärmarbeit beendet hatte. Gregg gesellte sich zu ihnen, als Yvonne von der Koppel auf sie zugeritten kam.

„Das war gar nicht schlecht", lobte Tor Yvonnes Freund. „Außer dass du diese Kehre unterschätzt hast. Ansonsten war der Ritt fast perfekt."

„Danke!", freute sich Gregg. „Und ich weiß, dass mein Lehrer mich niemals anlügen würde."

Sowohl er als auch Tor lachten. Tor ging zu Yvonne, um sie noch ein bisschen moralisch aufzubauen, dann strebten alle zurück zum Ring. Die Reiter der ersten Fortgeschrittenen-Gruppe sammelten sich am Eingang. Es würde losgehen, sobald das letzte Hindernis fertig aufgebaut war. Samantha stellte fest, dass die meisten der Reiter sehr gesammelt und ernst wirkten. Bevor Yvonne gemeinsam mit den anderen Reitern in den Ring ritt, drückte ihr Samantha kurz die Hand. „Viel Glück! Du wirst schon alles richtig machen!"

„Junge, Junge, das hoffe ich", erwiderte Yvonne mit gepresster Stimme.

Gregg hielt Cisco fest und Tor und Samantha stiegen zu Maureen hoch auf die Tribüne.

„Uff, das ist wirklich aufregend", meinte Maureen, als sie neben ihr Platz nahmen. „Die Hindernisse sind ganz schön hoch! Und schau mal auf den Wassergraben. Meinst du, die Pferde können da wirklich drüberspringen?", fragte sie völlig erstaunt.

„Natürlich können sie das, wenn man sie richtig reitet", antwortete Tor.

Dann waren sie still, während sie zusahen, wie die Reiter über den Platz gingen, um die Hindernisse zu begutachten. Der Parcours war viel schwieriger als der, den Gregg gesprungen war, hatte viele komplizierte Kombinationen und enge Kehren. Samantha war froh, dass sie nicht selbst im Ring stand.

Zehn Minuten später hatten die Reiter den Ring verlassen und der erste Teilnehmer ritt zum Startplatz. „Ich bin froh, dass Yvonne nicht als Erste ran muss", gestand Samantha. „Wenigstens bekommt sie so besser mit, wo die wirklichen Problemstellen sind."

„Mm", stimmte ihr Tor zu. „Fünf Reiter sind vor ihr, aber nach ihr kommen noch sechs. Für die ist es dann noch leichter."

„Wie viele Leute aus der Gruppe hier nehmen Reitstunden bei dir?", fragte Maureen Tor.

„Nur drei. Und Yvonne ist die Beste von ihnen."

Sie verstummten erneut, als die erste Teilnehmerin anritt. Nach dem dritten Hindernis landeten sie nicht gut und das Pferd riss zwei Stangen. Auch beim Wassergraben schafften sie den Sprung nicht, sondern landeten innerhalb der Markierung. Das Mädchen sah ziemlich mitgenommen aus, als sie aus dem Ring ritt. Die nächsten zwei Reiter waren auch nicht viel besser.

„Der Parcours ist härter zu reiten, als ich erwartet hatte." Tor kaute auf der Unterlippe herum.

„Glaubst du nicht, dass Yvonne und Cisco fehlerfrei durchkommen können?", wollte Samantha wissen.

„Das habe ich nicht gesagt, aber sie muss ihn wirklich ziemlich versammelt halten."

Zwei weitere Reiter waren mittlerweile durch. Die bisher beste Runde hatte mit sechs Fehlerpunkten geendet. Dann waren Yvonne und Cisco an der Reihe. Samantha presste ängstlich ihre Hände gegeneinander. „Du schaffst es", flüsterte sie.

Yvonnes Gesicht wirkte sehr angespannt und entschlossen, als sie die Jurymitglieder grüßte und dann Cisco in einem versammelten Galopp auf das erste Hindernis, ein Tor, zusteuerte. Sie segelten darüber hinweg. Yvonne schaute nach vorne auf das zweite Hindernis, einen Oxer. Sie übersprangen ihn, dann kam die Mauer. Samantha konnte sehen, dass Yvonne Cisco fest im Griff halten musste, als er versuchte auf das nächste Hindernis zuzusprinten. Aber sie hatte ihn unter Kontrolle. Sie überquerten eine hohe Bürste, dann folgte eine der knappen Wenden und es ging weiter mit einer Kombination. Nun lag vor ihnen der Wassergraben, an dem schon viele der vorherigen Reiter gescheitert waren. Yvonne lenkte Cisco direkt darauf zu und ließ ihn die Galoppsprünge verlängern, damit er den genauen Absprungpunkt treffen würde, um das Hindernis glatt zu überspringen.

Er legte einen tollen Sprung hin, seine Hinterhufe kamen erst weit nach dem Hindernis wieder auf dem Boden auf. Samantha seufzte erleichtert auf.

„Gut gemacht", bemerkte Tor ganz leise, als Yvonne und Cisco erfolgreich eine Dreifachkombination bewältigt hatten, einen Weitsprung mit einer engen Kehre, dann ein Hindernis, das wie ein Hochweitsprung aufgebaut war, und schließlich ein doppeltes Tor. Nur drei Sprünge waren noch zu absolvieren. Samantha überkreuzte die Finger. Yvonne und Cisco hatten bisher die beste Runde hingelegt. Aber es gab noch eine Menge Mitbewerber, rief sich Samantha ins Gedächtnis.

„In Ordnung", murmelte Tor, als Yvonne das Erste der drei verbliebenen Hindernisse genommen hatte. „Ja!", murmelte er beim Zweiten. Und schließlich lag nur noch ein Hindernis vor ihnen. „Null Fehlerpunkte", schrie Tor, als Yvonne auch dieses meisterte. „Unglaublich! Yvonne hat es geschafft!"

„Super!", rief Maureen. „Das war einfach umwerfend!"

Der Applaus war laut und herzlich, als Yvonne Cisco aus dem Ring ritt. Yvonne strahlte übers ganze Gesicht, während sie Ciscos Hals tätschelte.

„Sollten wir nicht hinunter gehen, um ihr zu gratulieren?", fragte Maureen.

„Warte lieber, bis auch die anderen Teilnehmer durch sind", meinte Tor. „Es besteht immer noch die Chance, dass es zu einem Stechen kommt."

Aber zu ihrer großen Freude sprang keiner der restlichen Bewerber fehlerfrei. Yvonne hatte das blaue Band gewonnen!

Kapitel 6

Wie versprochen, kamen Yvonne und Gregg an einem Nachmittag in der folgenden Woche nach Whitebrook, um bei Sierras Training zuzusehen. Da sehr viele Rennpferde am Vormittag trainiert wurden, hatten es sich Tor und Samantha zur Gewohnheit werden lassen, Sierra erst am Nachmittag auf die Reitbahn zu bringen, wo sie sie meist für sich allein hatten. Tor ritt Sierra zum ersten Mal seit mehreren Monaten. Während Samantha, Yvonne und Gregg zuschauten, absolvierte er mit dem jungen Hengst einen fehlerfreien Ritt über die Hindernisse und kam mit einem breiten Grinsen auf sie zugeritten.

„Junge, Junge, es ist wirklich toll, wieder im Sattel zu sitzen!“, rief er fröhlich. „Sierra ist ganz bei der Sache. Wenn er so weitermacht, können wir ihn auf jeden Fall für das Turnier in Atlantic City in drei Wochen melden.“

„Und wenn du ihn reitest, hat er noch mehr Chancen zu gewinnen“, lobte ihn Samantha. „Und wie fandest du ihn?“, fragte sie Gregg.

„Hindernisrennen sind was ganz anderes als Schauspringen, aber es sieht recht lässig aus.“

„Ja, es macht Spaß“, gestand Samantha, die auf Sierra schaute, der munter mit dem Kopf nickte. „Aber an manchen Tagen ist man auch ganz schön frustriert. Vor allem wenn Sierra seine Launen hat.“

Nachdem sie Sierra zu Len zurückgebracht hatten, um ihn abkühlen zu lassen, sattelten sie vier der Übungspferde, die Mike auf dem Gestüt hielt, um sie bei der Arbeit mit den anderen Pferden einzusetzen. Als die Pferde endlich aufgezäumt waren, brachen sie zu einem Ritt über die Wiesen und Felder hinter Whitebrook auf. Da es an diesem Nachmittag ziemlich warm war, ritten sie nicht zu weit weg, aber Samantha konnte feststellen, dass Gregg wirklich beeindruckt war vom Gestüt und den dazugehörigen Weiden.

„Haben Mike und sein Vater das Gestüt ganz allein aufgebaut?“, fragte er Samantha.

„Nun, die wichtigsten Anlagen waren schon da“, antwortete sie, „aber sie haben vieles renoviert und umgebaut. Und Mike hat die Reitbahn anlegen lassen.“

Gregg runzelte nachdenklich die Stirn. „Auf dem Land meiner Eltern wurde früher Getreide angebaut, das meiste davon liegt zur Zeit einfach brach. Es gibt keine Umzäunungen, und der Stall müsste ausgebaut werden. Das könnte ganz schön teuer werden.“

„Wenn wir nach unserem Ritt wieder nach Whitebrook zurückkommen, werde ich dir Mike vorstellen“, verkündete Samantha. „Er kann dir viel mehr erzählen.“

Mike war im Hof hinter den Ställen, als sie zurückkamen. Samantha stellte ihm Gregg vor und Mike erklärte, dass er ihm gern die nötigen Auskünfte geben würde. Sobald die Pferde abgesattelt waren, verschwanden die beiden und waren bald in ein intensives Gespräch vertieft.

„Ich möchte Wunder sehen und das neue Fohlen und natürlich Wirbelwind und Preston“, bat Yvonne ganz aufgeregt, als sie die Übungspferde zurück auf die Koppel gebracht hatten.

„Du kannst sie alle sehen. Das Hengstfohlen von Wunder ist richtig süß“, schwärmte Samantha. „Aileen möchte ihn Mr. Wonderful nennen.“

„Toller Name.“

Len hatte bereits die meisten Stuten mit ihren Fohlen für den Nachmittag zurück in den Stall gebracht, aber Wirbelwind und Preston waren noch draußen auf der Koppel. Samantha, Tor und Yvonne beobachteten die wunderschöne, fast schwarze Stute mit ihrem staksigen zwei Monate alten Füllen vom Weidenzaun aus.

„Preston sieht wirklich ganz wie die Mutter aus", stellte Yvonne bewundernd fest, als sie das winzige Fohlen betrachtete. „Fast wie aus dem Gesicht geschnitten, nicht wahr?"

Samantha lächelte, während sie zusah, wie Preston mit ihren langen dünnen Beinen auf der Wiese herumtollte. Wirbelwind schaute liebevoll zu, während das kleine Füllen auf sie zugaloppierte und schließlich schwankend zum Stehen kam.

„Wunder und Mr. Wonderful sind bereits drinnen", erklärte Samantha ein paar Minuten später, als sie auf die Hintertür des Stutenstalls zugingen. In den vielen blitzblanken Boxen kauten die Stuten zufrieden an ihrer Abendmahlzeit, während die Fohlen an ihnen säugten. Wunders Box befand sich am anderen Ende der Stallgasse. Als Samanthas Blick dorthin fiel, stöhnte sie unwillkürlich auf.

„Oh, nein, ich glaube es einfach nicht! Was machen die denn hier?"

Brad und Lavinia standen vor Wunders Box und schauten über die oben offene Tür hinein.

„Sie müssen gekommen sein, als wir unterwegs waren. Und Aileen ist bereits nach Hause gefahren." Samantha eilte zielstrebig vorwärts. Sie hatte zwar keine Lust, ihnen gegenüberzutreten, aber sie wollte dennoch wissen, was sie vorhatten. Am vergangenen Wochenende war Aileen nach Townsend Acres gefahren, um Townsend Princess zu besuchen. Das einjährige Stutfohlen wurde von Hank betreut und sah wirklich gut aus, aber Hank hatte Aileen berichtet, dass Lavinia und Brad bereits über „ihre" Pläne für das Fohlen gesprochen hatten. Samantha wollte nicht, dass sie sich auch schon über das neue Fohlen irgendwelche Gedanken machten.

Lavinia und Brad waren so sehr damit beschäftigt, sich Wunder und das Fohlen anzusehen, dass sie Samantha gar nicht bemerkten. Leise näherte sie sich und hörte mit, wie Lavinia zu Brad sagte: „Ich kann nicht glauben, dass dein Vater ernsthaft daran denkt, ihn Mr. Wonderful zu nennen. Ich dachte, ich würde den Namen für dieses Fohlen aussuchen dürfen. Immerhin kommt er ja zu uns nach Townsend Acres, wenn er abgesetzt ist."

„Das ist mir neu“, meldete sich Samantha hinter ihnen zu Wort.

Lavinia und Brad wirbelten herum. Lavinia schaute Samantha an, als sei sie ein lästiges Insekt, das aus einem Misthaufen herausgekrabbelt kam. „Und was geht dich das an?“, fragte sie kühl.

Samantha ignorierte die Frage. Es ging sie natürlich wirklich nichts an, aber sie wollte nicht zulassen, dass Lavinia glaubte, sie und Brad hätten bei der Entscheidung über die Zukunft des Fohlens etwas mitzureden. Samantha wusste zumindest, dass Aileen und Mr. Townsend noch keine endgültige Entscheidung getroffen hatten.

„Gibt es etwas, was ich für Sie tun kann?“, fragte Samantha betont höflich und machte durch ihren Tonfall klar, dass die beiden hier im Stall nicht willkommen waren. Sie war froh, dass Tor und Yvonne direkt neben ihr standen und ihr moralische Schützenhilfe leisteten.

„Nein, es gibt nichts, was du für uns tun könntest“, erwiderte Lavinia. „Ich glaube, wir können uns auch ohne deine Hilfe das Fohlen ansehen.“

Samantha hätte Lavinia am liebsten ins Gesicht gespuckt. Sie unterdrückte eine beißende Bemerkung. „Ich schließe jetzt den Stall für heute“, erklärte sie knapp.

„Wir wollten sowieso gehen“, verkündete Brad gelassen. „Wir müssen in einer Viertelstunde bei den Mitchells sein, Lavinia. Wir sollten besser aufbrechen.“ Er ergriff sie am Arm und gemeinsam verließen die beiden den Stall. Samantha hörte noch, wie Lavinia sich beschwerte: „Ich weiß nicht, was bildet die sich eigentlich ein … und es ist nicht das erste Mal, dass sie sich so aufspielt …“

Samantha starrte ihnen hinterher.

„Was für eine Hexe“, murmelte Yvonne.

„Ich glaube nicht, dass Aileen besonders glücklich darüber sein wird, dass sie hier waren“, stellte Tor fest.

„Nein, bestimmt nicht“, gab ihm Samantha Recht. Aileen würde wütend sein.

Yvonne und Gregg brachen nach etwa zwanzig Minuten auf. Gregg war noch sehr beeindruckt von seinem Gespräch mit Mike.

„Er hat mir eine Menge Tipps gegeben, wie man mit wenig Geld Reparaturen durchführen kann. Natürlich müsste ich da etwas mehr Muskeln haben“, scherzte er. „Er hat vorgeschlagen, dass meine Eltern und ich die Zäune reparieren und die Weiden schon mal als Koppeln verpachten könnten, um ein bisschen Geld zu verdienen."

„Klingt gut", stimmte Yvonne zu.

Gregg nickte nachdenklich. „Ich werde mich mal mit meinen Eltern zusammensetzen müssen, um alles durchzusprechen und konkrete Pläne zu machen. Aber ich fühle mich jetzt nicht mehr ganz so auf verlorenem Posten wie vor dem Gespräch."

Gregg und Yvonne verabschiedeten sich und stiegen in Greggs Auto. Tor blieb noch ein wenig länger. Er und Samantha sahen noch ein letztes Mal nach Stolz und Sierra. Bevor er den Stall verließ, drückte er Samantha liebevoll an sich und küsste sie. „Ich hole dich morgen nach der Schule ab. Möchtest du morgen Abend noch immer ins Kino gehen?"

„Ja, natürlich."

„Wie wär's, wenn wir gleich losfahren, nachdem wir mit Sierra trainiert haben und vor dem Kino noch was essen gehen?", schlug Tor vor.

„Super!"

Es war später als gewöhnlich, als Samantha zum Essen ins Haus ging. Sie war noch immer wütend über den Besuch von Lavinia und Brad. Sie konnte nicht glauben, dass sie den Nerv gehabt hatten, einfach hier aufzutauchen! Sie war ganz in ihre Gedanken vertieft, als sie die Küche betrat. Als sie in Richtung Ofen blickte, um nachzusehen, ob ihr Vater schon mit dem Kochen angefangen hatte, blieb sie wie angewurzelt stehen. Eine fremde Frau stand neben ihrem Vater an der Küchentheke, eine attraktive Frau mit kurzen, gelockten blonden Haaren. Beide schienen eifrig damit beschäftigt zu sein, ein Abendessen vorzubereiten.

„Sammy", sagte ihr Vater und kam auf sie zu, „ich möchte dir Beth Raines vorstellen. Sie ist vorbeigekommen und da habe ich sie eingeladen, mit uns zu Abend zu essen." Als er sprach, hatte Samantha das Gefühl, als habe er irgendwie Schuldgefühle. „Äh … Beth und ich, wir treffen uns regelmäßig seit ein paar Wochen …"

Samantha musste mit offenem Mund dagestanden haben, denn Beth mischte sich überrascht ein. „Ian, bedeutet das, du hast ihr gar nicht erzählt, dass wir miteinander gehen?"

Mr. McLean lief rot an.

Beth kam mit einem Lächeln auf Samantha zu. „Nun, es tut mir Leid, wenn das jetzt wie ein Schock für dich ist, aber ich freue mich jedenfalls, dich endlich kennen zu lernen. Dein Vater spricht sehr viel über dich.“ Sie streckte ihre Hand aus. Samantha ergriff sie wie betäubt. Ihr Vater hatte eine Freundin? Und er hatte ihr nichts davon gesagt? In den vier Jahren seit dem Tod ihrer Mutter war ihr Vater nie mit anderen Frauen ausgegangen. Und es war Samantha niemals in den Sinn gekommen, dass das irgendwann einmal anders sein könnte.

Samantha bemerkte, dass der Tisch bereits gedeckt war. Und zwar hübscher, als ihr Vater das getan hätte. „Das Abendessen ist gleich fertig“, verkündete Beth, die noch immer lächelte. Ihr schien Samanthas Verwirrtheit gar nicht aufzufallen. „Dein Vater macht gerade Omeletts, seine Spezialität, wie ich weiß. Aber ich dachte, ich serviere noch einen Salat dazu, damit das Essen etwas nahrhafter ist.“

„Warum machst du dich nicht schnell noch frisch, Sammy“, sagte ihr Vater. Er schaute sie an, als wolle er sie bitten, doch Verständnis für ihn zu haben.

Was geht hier nur vor sich? fragte sich Samantha, als sie ins Badezimmer marschierte. Normalerweise hätte sie sich einfach kurz die Hände am Spülbecken in der Küche gewaschen, aber sie brauchte ein wenig Zeit, um zur Besinnung zu kommen. Sie kam nach Hause und ohne Vorwarnung hatte einfach irgendeine fremde Frau das Kommando übernommen, so als gehöre sie hierher. Seit wann gingen ihr Vater und Beth miteinander aus? Wie konnte es passieren, dass sie gar nichts davon wusste? Wieso war ihr das entgangen? Sie erinnerte sich plötzlich, dass er an einigen Tagen eigens geduscht hatte, bevor er in die Stadt gefahren war. Und dass er an einigen Abenden nach dem Abendessen noch ausgegangen war, aber sie war so beschäftigt gewesen mit ihren Hausaufgaben, dass sie darauf gar nicht besonders geachtet hatte. Da musste er Beth getroffen haben.

Als sie in die Küche zurückkehrte, stellten ihr Vater und Beth gerade das Essen auf den Tisch. Sie tauschten einen kurzen Blick und lächelten sich an. Samantha hatte ihren Vater keine Frau mehr so anschauen sehen, seit ihre Mutter gestorben war. Sie fühlte einen Anflug von Wut und Entsetzen in sich aufsteigen.

Samanthas Laune besserte sich auch nicht während des Essens. Beth versuchte nett zu sein. Sie lächelte und war betont freundlich, aber Samantha entgingen diese ständigen Blicke zwischen ihrem Vater und der Fremden nicht. Darin lag eine Intimität, die Samantha nicht gefiel. Beth erklärte, dass sie als Aerobic-Lehrerin in einem Fitnesscenter in Lexington arbeite. Samantha war nicht gerade versessen auf Aerobic. Wenn Leute sich bewegen wollten, warum joggen sie nicht oder spielten Tennis oder gingen reiten? Das war doch alles besser, als herumzuhüpfen wie ein Fisch, der nach Luft schnappt. Beth schien auch so etwas wie eine Expertin für gesunde Ernährung zu sein. Während des Abendessens musste sie ständig irgendwelche Tipps loswerden. „Weißt du, Ian", erklärte sie, „du und Samantha, ihr solltet wirklich keine Tiefkühlkost essen."

Samantha funkelte sie wütend an. Sie war stolz auf ihre Kochkünste. Es waren zwar nicht gerade Gourmetgerichte, aber an den meisten Tagen hatten sie ein vernünftiges Essen auf dem Tisch, egal ob sie oder ihr Vater kochte. „Wir essen fast nie Tiefkühlkost", protestierte sie.

Beth lächelte. „Aber all diese Eier sind auch nicht gut für dich, weißt du."

Samantha schaute hinüber zu ihrem Vater, aber ihn schien das in keiner Weise aufzuregen. Er schien sogar buchstäblich an Beths Lippen zu hängen.

„Wo haben Sie meinen Vater kennen gelernt?", fragte Samantha kühl.

„Ob du es glaubst oder nicht, vor einem Lebensmittelladen", erklärte Beth und lachte. „Romantisch, nicht?"

Samantha blickte sie finster an. Es regte sie auf, dass Beth solche Worte wie Romantik in den Mund nahm.

„Meine Einkaufstüte ist aufgerissen", fuhr Beth lachend fort. Ihr schien gar nicht aufzufallen, dass Samantha nicht besonders begeistert schien. „Und dein Vater hat mir geholfen, alles wieder einzusammeln."

„Es war eine ganz schöne Schweinerei", berichtete Mr. McLean. „Überall zerbrochene Gläser mit Spaghettisauce und kaputte Saftflaschen auf dem Bürgersteig." Sie lachten in Erinnerung an die kleine Szene.

„Oh, Sie machen Ihre Spaghettisauce nicht selbst?", fragte Samantha sarkastisch. Es nagte noch immer an ihr, was Beth über ihre angeblich falsche Ernährung gesagt hatte. „Ich meine, in diesen Gläsern sind doch auch jede Menge Salz und Zusatzstoffe, oder nicht?"

„Nun, für gewöhnlich mache ich sie schon selbst. Ich hatte die Gläser allerdings für meine Nachbarin eingekauft. Na ja, auf jeden Fall sind wir dann erst mal einen Kaffee trinken gegangen", sprach Beth ungerührt weiter, „und seitdem treffen wir uns regelmäßig." Und wieder wechselten die beiden ein etwas dümmliches Lächeln, wie Samantha fand. Sie erinnerten Samantha irgendwie an ein liebeskrankes Teenagerpärchen. Nicht einmal sie und Tor führten sich so albern auf. Sie hätte sich am liebsten übergeben.

Sobald es die Höflichkeit erlaubte, entschuldigte sich Samantha und stand auf. „Ich muss noch Hausaufgaben machen." Aber das stimmte nicht, denn sie hatte für die Schlussprüfung schon alles gelernt. „Ich komme dann wieder runter und spüle ab."

„Oh, mach dir keine Gedanken wegen des Geschirrs." Beth lächelte sie an. „Dein Vater und ich machen das schon. Es war nett, dich kennen zu lernen, Sammy. Ich bin sicher, wir sehen uns bald wieder."

Samantha trug ihren Teller hinüber zum Spülbecken, dann lief sie nach oben. Als sie die Tür hinter sich geschlossen hatte, ließ sie sich aufs Bett fallen und vergrub den Kopf in den Händen. Sie wusste überhaupt nicht mehr, was sie fühlen oder denken sollte. Sie war komplett durcheinander, fühlte sich total aus der Bahn geworfen, war wütend und sah sich in ihrem Lebensalltag bedroht. Vier Jahre lang hatte es nur ihren Vater und sie gegeben, sie waren durch dick und dünn miteinander gegangen. Sie hatten versucht, mit ihrem Schmerz über den tödlichen Unfall von Mutter fertigzuwerden und hatten alles daran gesetzt, ihr Leben wieder in den Griff zu bekommen. Samantha vermisste ihre Mutter noch immer schrecklich. Sie dachte, dass es ihrem Vater auch so ginge, aber da saß er da unten und machte einen Narren aus sich wegen dieser Beth. Benahm sich so, als sei Samanthas Mutter längst vergessen.

Eine halbe Stunde später griff Samantha nach dem Telefonhörer auf ihrem Nachtkästchen und rief Yvonne an. Durch die geschlossene Tür konnte sie ihren Vater und Beth unten vergnügt reden hören.

Yvonne hörte aufmerksam zu, während Samantha sich ihren Kummer von der Seele redete. Voller Mitgefühl meinte sie: „Ich weiß ja, dass das für dich ein Schock gewesen sein muss, Sammy. Dein Vater hätte dir erzählen sollen, dass er mit Beth ausgeht, statt sie dir einfach so vorzusetzen. Aber du kannst nicht erwarten, dass dein Vater sich nie wieder für eine Frau interessiert. Er fühlt sich bestimmt sehr einsam."

„Wie er sie anschaut!", stöhnte Samantha. „Es ist einfach schrecklich. Ganz so, als hätte er meine Mutter schon völlig vergessen."

„Ich bin sicher, dass das nicht stimmt. Aber meinst du, deine Mutter würde wollen, dass er den Rest seines Lebens allein bleibt?"

„Ich weiß nicht", erwiderte Samantha mürrisch. „Ich mag sie einfach nicht. Sie tut so, als würde sie meinen Vater genauso gut kennen wie ich. Und dann immer dieses Anhimmeln, ich kann es nicht ausstehen. Die tun so, als wäre ich gar nicht da."

„Sammy, vielleicht bist du durch die ganze Situation einfach überrascht worden. So furchtbar wird sie doch wohl nicht sein. Morgen geht es dir bestimmt schon wieder viel besser."

„Vielleicht auch nicht." Als Samantha den Telefonhörer aufgelegt hatte, überlegte sie, ob Yvonne überhaupt verstand, wie sie sich wirklich fühlte. Yvonne hatte nie ein Elternteil verloren. Sie konnte nicht wissen, wie es war, wenn plötzlich eine Fremde versuchte den Platz der geliebten Mutter einzunehmen. Bevor sie ins Bett ging, holte Samantha das Foto ihrer Mutter von der Wäschekommode. Sie fühlte, wie alle verdrängten Gefühle wieder in ihr hochkamen.

Sie stieg ins Bett und zog die Decke über sich wie einen Schutzschild. Eine Weile später hörte sie jemanden leise an ihre Schlafzimmertür klopfen. Sie wusste, dass es ihr Vater war, aber sie war viel zu aufgewühlt und verwirrt. Sie wusste nicht, was sie ihm hätte sagen sollen. Sie hörte die Tür quietschen und tat so, als schlafe sie schon. Einen Augenblick später wurde die Tür wieder geschlossen und sie hörte, wie sich die Schritte den Flur entlang entfernten. Ihr Vater schien in sein Zimmer zu gehen.

Als sie am Morgen beide ihren täglichen Pflichten auf dem Gestüt nachgingen, kam ihr Vater kurz zu ihr, um mit ihr zu sprechen. „Es tut mir Leid, dass ich dir nichts von Beth erzählt habe, Sammy." Er zuckte verzagt mit den Schultern. „Ich wollte es ja tun … aber jetzt hast du sie ja kennen gelernt. Ich weiß, dass du sie bestimmt mögen wirst. Sie ist eine so nette Frau."

Bevor Samantha antworten konnte, ging er hinüber zum Stall. Samantha sah ihm nach. Sie hatte das Gefühl, dass er sie total im Stich ließ. Er hatte nichts von dem gesagt, was sie hatte hören wollen oder brauchte. Er hatte sie weder in den Arm genommen noch gesagt, dass er verstand, wie sehr sie das aufgeregt hat. Und dass ihre Gefühle für ihn wichtiger waren als die von Beth.

Samantha verbrachte einen anstrengenden Tag. Sie sagte in der Schule nichts mehr zu Yvonne über Beth, sondern fraß ihren Kummer in sich hinein.

Tor zumindest war etwas verständnisvoller, als er sie nach der Schule abholte, obwohl er ähnlicher Meinung war wie Yvonne. „Es ist hart für dich, Sammy. Meine Eltern haben sich vor sechs Jahren scheiden lassen und mir fällt es immer noch schwer, den zweiten Mann meiner Mutter zu akzeptieren, so nett er auch ist. Aber meine Mutter ist glücklich und ich glaube, das allein ist wichtig. Denk doch mal darüber nach."

Samantha versuchte es und es gab auch genügend Ablenkungen, um die Beziehung ihres Vaters mit Beth erst einmal wegzuschieben.

Wie Samantha erwartet hatte, war Aileen wütend, als sie ihr vom Besuch von Lavinia und Brad auf Whitebrook berichtete. „Woher nimmt sie die Unverfrorenheit zu glauben, dass sie den Namen für Wunders Fohlen bestimmen kann?", wütete Aileen. „Sie ist in keiner Weise an Wunder oder ihrem Nachwuchs beteiligt! Mr. Townsend ist der einzige, der hier was zu sagen hat."

„Immerhin ist sie mit seinem Sohn verheiratet", gab Charlie knapp zu bedenken. „Sie und Brad bilden sich daher ein, dass sie irgendwie auch Mitbesitzer sind."

„Aber das stimmt nicht!", rief Aileen. Sie holte tief Luft und versuchte ihren Zorn wieder unter Kontrolle zu bekommen. „Ich weiß, ich sollte mich nicht so aufregen, aber ich kann einfach nicht anders, wenn Lavinia sich einmischt. Außerdem versucht sie ständig mich irgendwie runterzumachen …"

„Sie möchte die große Show abziehen", meinte Charlie. „Sie ist daran gewöhnt, mit Geld alles kaufen zu können, was sie will. Aber dieses Mal funktioniert es nicht. Sie hat Brad ein Pferd wie Lord Ainsley gekauft. Das ist ein verdammt gutes Pferd, aber Stolz ist besser und du reitest und trainierst Stolz. Du weißt mehr über Pferderennen als sie. Und du zeigst ihr ihre Grenzen auf."

„Und du hast es ganz allein geschafft", fügte Samantha hinzu. „Niemand hat dir etwas geschenkt, du hast dir wirklich alles hart erarbeitet. Das muss sie einfach auf die Palme bringen. Ich glaube einfach, dass sie eifersüchtig ist auf dich."

Aileen seufzte laut auf. „Es ist so albern, dass ich mich darüber immer aufrege. Ich habe eigentlich genug zu tun."

Am Samstagnachmittag fuhren die Brautjungfern von Aileen nach Lexington zur Anprobe ihrer Hochzeitskleider. Während die Mädchen sich alle in einem Raum umzogen, verschwand Aileen in einen anderen. „Niemand darf mein Kleid vor dem Hochzeitstag sehen", verkündete sie mit verschmitztem Lächeln.

Die Brautjungfern probierten ihre Kleider an und die letzten Kleinigkeiten an Säumen und Nähten wurden gerichtet. Samantha mochte ihr schlicht geschnittenes Kleid aus Satin, das bis auf den Boden ging. Sie hatte noch nie so ein schönes Kleid besessen.

„Du siehst richtig erwachsen aus in dem Kleid", hatte Jilly erklärt, „aber ich vergesse ja sowieso immer, dass du schon sechzehn bist. Ich glaube, du warst gerade mal zwölf, als ich dich kennen lernte."

„Richtig", stimmte ihr Samantha zu und grinste. „Die Pferdenärrin, so nannten mich damals alle Kinder in der Schule. Die Hochzeit wird bestimmt wunderschön. Aileen hat mir erzählt, dass eine Menge Zelte auf dem Rasen aufgebaut werden und alles ganz toll mit Blumen geschmückt sein wird."

„Ich glaube, es wird ein wirklich schönes Fest", pflichtete Aileens älteste Schwester Caroline ihr bei. Sie würde die Rolle der Ehrenjungfrau übernehmen und ihr Kleid war einen Rosaton dunkler als das der anderen Brautjungfern. Es passte wunderbar zu ihrem hellen Teint. „Hoffen wir nur, dass es nicht regnet."

„Das wird der Himmel zu verhindern wissen", protestierte Linda March, Aileens langjährige Freundin, mit breitem Lächeln. „Doch nicht bei der Hochzeit von Aileen und Mike!"

Linda schaute sich im Spiegel an und rückte ihre Locken zurecht. Sie musterte ihr Kleid von oben bis unten. „Es ist eigentlich eine Schande, dass sie ihre Flitterwochen auf den Winter verschoben haben."

„Ich kann das verstehen", meinte Jilly. „Sie haben beide einen vollen Terminkalender für den Rest des Sommers. Es ist doch viel sinnvoller zu warten, bis alles etwas ruhiger wird und sie wirklich ausspannen können."

„Aileen möchte gern in die Karibik fliegen", verkündete Caroline. „Ich beneide sie! Justin und ich werden ganz schön zu knausern haben, wenn wir im Herbst heiraten."

„Aber ihr habt doch beide gute Jobs in Louisville", warf Linda ein. „Das dauert doch nicht lange, bis ihr euch einen tollen Urlaub leisten könnt."

Als die Säume und Nähte endlich abgesteckt waren, zogen die Brautjungfern vorsichtig ihre Kleider wieder aus und warteten auf Aileen, die einen Augenblick später auftauchte. Sie strahlte übers ganze Gesicht, aber sie verriet dennoch nichts über ihr Brautkleid. „Ihr seht es noch früh genug", lautete ihre einzige Antwort.

Es war bereits Spätnachmittag, als Aileen Samantha wieder auf Whitebrook ablieferte. Samantha eilte schnell in Richtung ihres Hauses, um sich für den Schülerball fertigzumachen. Tor würde sie um halb sieben hier abholen, um mit ihr zur Highschool zu fahren, wo das Fest in der Turnhalle stattfand. Sie freute sich wirklich auf den Abend. Sie nahm ein Bad und zog sich mit großer Vorfreude um.

Der Abend verlief ganz so, wie Samantha es erwartet hatte. Es war ein wunderschöner Ball und die Band spielte einfach super. Sie und Tor ließen fast keinen Tanz aus. Nach dem Fest lud sie Yvonne, Gregg, Maureen und ihren Freund noch zu einem kleinen Mitternachtsimbiss nach Whitebrook ein.

Sie lachten und alberten herum, als sie das Cottage betraten. Aus dem Wohnzimmer hörten sie leise den Fernseher brummen. Ihr Vater war vermutlich auf der Couch eingeschlafen wie so oft, dachte Samantha. „Es liegen Schoko-Chips auf dem Tisch, Getränke findet ihr im Kühlschrank“, erklärte sie den anderen. „Geht schon mal in die Küche, ich komme gleich nach. Ich werde nur schnell den Fernseher ausmachen.“

Samantha betrat das nur schwach erleuchtete Wohnzimmer auf der linken Seite des Flurs und ging leise auf den Fernseher zu. Sie wollte ihren Vater wecken und ihm sagen, dass sie wieder heil zurück war. Doch dann blieb sie abrupt mitten im Raum stehen, ihr Gesicht erstarrte. Ihr Vater schlief auf der Couch, aber er war nicht allein. Beth Raines lag selig schlafend neben ihm, den Kopf an seiner Schulter vergraben. Samantha fühlte, wie das Lächeln aus ihrem Gesicht wich. Die kleine Szene vor ihr wirkte so intim! Völlig verwirrt von dem, was sie gesehen hatte, machte sie auf dem Absatz kehrt und verschwand in Richtung Küche.

Die anderen hatten am Küchentisch Platz genommen, lachten und unterhielten sich leise über den Tanzabend. Tor schaute zu Samantha, als sie den Raum betrat und runzelte unwillkürlich die Stirn. Er stand auf und kam zu ihr hinüber. „Was ist los?“, erkundigte er sich leise. „Du siehst aus, als hättest du einen Geist gesehen.“

„Beth ist da, sie schläft auf dem Sofa neben meinem Vater.“

„Wahrscheinlich sind sie beim Fernsehen eingeschlafen“, meinte Tor und zuckte mit den Schultern.

„Er hat mir gar nicht gesagt, dass sie kommen wollte.“

„Vielleicht hat er es nur vergessen, Sammy. Das ist doch nichts Großartiges. Du solltest dich deswegen nicht so aufregen.“

„Ich will aber nicht, dass sie zu uns kommt“, erwiderte Samantha heftig.

Tor sah sie bittend an und schüttelte den Kopf. „Ich glaube, du reagierst da ein bisschen zu stark, Sammy. Es war doch so ein schöner Abend. Mach ihn doch nicht kaputt. Komm schon, iss was mit uns“, fügte er betont fröhlich hinzu, um sie ein wenig aufzumuntern.

Samantha nahm neben ihm am Tisch Platz. Glücklicherweise schien den anderen ihr plötzlicher Stimmungswechsel nicht aufzufallen. Sie hatte überhaupt keinen Appetit mehr, obwohl sie beim Nachhausekommen das Gefühl gehabt hatte, gleich verhungern zu müssen. Sie nagte an einem Keks und hörte nur halb zu, was die anderen redeten. Sie fühlte sich von ihrem Vater schändlich hintergangen. Er ließ jemand anderen den Platz ihrer Mutter einnehmen. In den vergangenen vier Jahren hatte es immer nur sie beide gegeben. Und das hatte ihnen genügt. Welches Recht hatte diese Frau, sich auf einmal in alles einzumischen?

Die anderen erklärten, dass sie Lust hätten, in den Stall zu gehen, um sich die Pferde anzuschauen. „In Ordnung“, stimmte Samantha zu, „aber wir müssen ganz leise sein. Wir wollen sie doch nicht stören, oder?“ Ihre Gedanken waren noch immer bei ihrem Vater und Beth, wie sie so innig nebeneinander auf dem Sofa gelegen hatten.

Die Katzen folgten ihnen auf ihrer Runde durch den Stall. Leise gingen sie die Stallgasse entlang und flüsterten nur miteinander. Maureen schien sich ganz besonders über den Rundgang zu freuen, denn sie war noch nie auf Whitebrook gewesen. Und war natürlich ganz aufgeregt, Wunder, Stolz und Sierra einmal ganz aus der Nähe sehen zu können.

Als die anderen gegangen waren, legte Tor Samantha einen Arm um die Schulter und küsste sie. „Kopf hoch, Samantha. Es ist ein wunderschöner Abend und es wird sich schon alles wieder einrenken.“

Als sie zurück ins Haus kam, lief Samantha sofort hoch in ihr Zimmer.

Am Morgen, als sie herunterkam, saß ihr Vater bereits in der Küche am Tisch.

„Was ist los?“, fragte er, als er Samanthas Gesichtsausdruck bemerkte. „Hat dir der Ball gestern keinen Spaß gemacht?“

„Doch, es war ganz nett“, antwortete Samantha kühl, „aber du hast mir nicht gesagt, dass Beth dich besuchen kommt.“

„Das hatte ich einfach vergessen, es schien mir nicht wichtig zu sein.“ Ihr Vater blickte sie finster an. „Sie ist zum Fernsehen gekommen und dann sind wir beide eingeschlafen. Warum führst du dich so auf, Sammy? Beth ist eine sehr nette Frau.“

„Ich mag sie nicht. Und überhaupt, wie kannst du das nur tun, denkst du denn gar nicht mehr an Mutter?“

„Samantha, ich tue wirklich nichts, was dem Andenken an deine Mutter schaden könnte. Und es vergeht nicht ein Tag, an dem ich nicht an sie denke und sie vermisse. Aber ich bin auch sehr einsam. Ich brauche jemanden, der diese Leere in meinem Leben füllt.“

„Du bist überhaupt nicht allein! Was ist denn mit mir?“

„Du bedeutest alles für mich und das weißt du auch“, antwortete ihr Vater schnell. „Das wird sich auch niemals ändern, aber ich brauche auch Erwachsene um mich, die Gesellschaft und die Nähe einer Frau.“

Samantha wollte nichts davon hören. „Ich gehe hinüber zum Stall“, erklärte sie kurz angebunden und eilte hinaus in die frische Morgenluft.

Kapitel 7

In den nächsten Tagen wusste Samantha zwar, dass sie sich ihrem Vater gegenüber kühl und distanziert verhielt, aber sie konnte nicht anders. Er telefonierte jeden Abend mit Beth, falls er nicht noch nach Lexington fuhr, um sie zu treffen. Und viel zu häufig sah ihn Samantha mit einem albernen Lächeln auf dem Gesicht dastehen, einfach in die Luft starrend. Es schien ihm völlig egal zu sein, was Samantha dachte. Sie vergrub sich in ihre Arbeit auf Whitebrook, ritt jeden Tag Stolz und Sierra, striegelte sie und half mit, sich um Wunder und ihr Fohlen zu kümmern.

In der Schule konnten es alle bald nicht mehr erwarten, dass die Ferien anfingen. Tor und Samantha nahmen gemeinsam am Picknick der Abschlussklasse im Horse Park in Lexington teil. Es war ein toller Tag, sie spielten Volleyball und genossen das mitgebrachte Essen mit Yvonne, Gregg, Maureen und einigen anderen aus Samanthas Klasse. Das Picknick dauerte bis in den Abend hinein. Einige Schüler holten dann ihre Gitarren heraus und unterhielten ihre Mitschüler mit einem improvisierten Konzert. Samantha hatte einen Sonnenbrand und war angenehm erschöpft, als Tor sie schließlich nach Hause brachte. Sie stellte erstaunt fest, dass sie den ganzen Tag nicht ein einziges Mal an Beth und ihren Vater gedacht hatte.

Unglücklicherweise war sie draußen auf dem Hof, als Beth am folgenden Nachmittag die Auffahrt hochgefahren kam. Beth winkte Samantha fröhlich zu, dann betrat sie einfach das Haus, ohne anzuklopfen. Ein paar Minuten später kam sie mit Samanthas Vater wieder heraus, beide lächelten glücklich, während er Beth auf eine Runde über das Gestüt mitnahm und ihr alle Leute vorstellte. Samantha erinnerte sich an die Zeit, die ihre Mutter und ihr Vater im Stall verbracht hatten, und wie glücklich sie gewesen waren, gemeinsam mit den Tieren arbeiten zu können, die ihr Vater trainierte. Beth hatte an jenem ersten Abend, als Samantha sie kennen gelernt hatte, zugegeben, dass sie nichts von Pferden oder Rennen verstand. Samantha fühlte einen Stich im Herzen, als sie jetzt Beth gemeinsam mit ihrem Vater durch den Stall wandern sah. Um ihnen aus den Weg zu gehen, verzog sie sich in die Sattelkammer und nahm einige verschmutzte Trensen von der Wand, um sich frustriert daran zu machen, sie zu putzen.

Die Stimmung auf Whitebrook war sowieso schon sehr angespannt. Sierra würde in einer Woche ins Rennen gehen und Stolz würde eine Woche darauf im Suburban gegen Lord Ainsley antreten. Aileen und Mike waren außerdem schon ganz aufgelöst wegen der Vorbereitungen für die Hochzeit und hasteten von einem Termin zum nächsten. Die Trauung sollte am Samstag nach dem Suburban stattfinden.

Und um alles noch zu verschlimmern, tauchten Lavinia und Brad in der folgenden Woche zusammen mit Mr. Townsend auf. Samantha war gerade dabei, mit Stolz zum täglichen Training auf die Übungsbahn zu reiten. Sie bekam mit, wie Aileen vor Wut die Zähne zusammenbiss. Glücklicherweise gingen Brad und Lavinia hinüber zur Bande an der Reitbahn und blieben dort stehen. Mr. Townsend gesellte sich zu Aileen und Charlie, der Samantha gerade die letzten Anweisungen für die Arbeit gab.

„Wie ist er diese Woche gelaufen?“, fragte Mr. Townsend Charlie.

„Ich hatte nichts auszusetzen“, antwortete Charlie. „Ich beanspruche ihn aber auch nicht allzu sehr. Ich möchte ihn nur fit und in Bewegung halten. Sammy wird ihn heute in einem gemächlichen

Galopp reiten. Ohne ihn allzu sehr zu fordern." Charlie schaute hinüber zur Reitbahn, wo zwei von Mikes Pferden gerade ihr Training beendeten. Mike ritt das eine und sein angestellter Übungsreiter das andere. Ian McLean war ebenfalls an der Bande und stoppte die Zeiten. Samantha sah, dass Mike einen Blick hinüber zu Lavinia und Brad warf, als er die Reitbahn verließ. Sie bemerkte, wie er die Stirn runzelte. Sie wusste von Aileen, dass Mike mit ihnen ein ernstes Wort geredet hatte. Und dass er sie sicher liebend gern aufgefordert hätte, sich von seinem Gestüt fern zu halten, aber das hätte nur noch mehr Probleme mit den Townsends gebracht.

„Okay, los geht's. Die Bahn ist frei!", forderte Charlie Samantha auf.

Samantha lenkte Stolz durch den Eingang auf die Reitbahn. Als sie an Mike vorbeikam, lächelte er sie an und flüsterte: „Na, da haben wir ja wieder einmal unerwünschten Besuch bekommen."

Samantha verzog das Gesicht zu einer Grimasse und trieb Stolz vorwärts. Zuerst absolvierte sie ein leichtes Aufwärmtraining im Trab, dann ließ sie ihn in einem leichten Galopp laufen. Sie stand halb aufgerichtet in den Steigbügeln, während sie ihn in einem langsamen, versammelten Galopp über die Bahn lenkte. Sie war froh, dass dazu nicht allzu viel Konzentration oder Geschick nötig war. Die Anwesenheit von Lavinia und Brad machte sie richtig nervös. Aber Stolz hätte das Programm auch ohne Reiter absolvieren können, seine Galoppsprünge waren kraftvoll und gleichmäßig. Samantha ließ ihn die Bahn zweimal umrunden, dann stoppte sie, wendete mit ihm und trabte langsam von der Bahn.

Als sie an Lavinia und Brad vorbeiritt, hörte sie Lavinia höhnisch spötteln: „Das nennen sie Training? Mir kam es vor, als würde er im Schneckentempo dahinkriechen. Wahrscheinlich hat ihn das Nassau die letzte Energie gekostet. Wir brauchen uns keinerlei Sorgen zu machen, dass Lord ihn im Suburban schlagen wird."

Samantha hörte nicht mehr, was Brad erwiderte. Du dumme Nuss, dachte sie bei sich, während sie sich über Lavinia amüsierte. Dieser Kommentar verriet, wie wenig sie vom Reiten verstand. Charlie dagegen strahlte sie an, als Samantha zu ihm ritt. „Genau richtig", lobte er sie, schob sich den Hut aus dem Gesicht und wischte sich die Stirn mit einem roten Halstuch ab. Er kniete nieder, um die Beine von Stolz zu untersuchen.

„Reitest du ihn selbst im Suburban?“, fragte Mr. Townsend Aileen. Währenddessen gesellten sich Lavinia und Brad zu der kleinen Gruppe. Sie schienen nicht zu bemerken, wie wenig willkommen sie hier waren. Samantha hätte am liebsten dieses selbstgefällige Grinsen von ihren Gesichtern gewischt.

„Ich habe mich noch nicht endgültig entschieden“, erklärte Aileen Mr. Townsend. Samantha allerdings wusste, dass Aileen bereits Jilly gebeten hatte, abermals für sie zu reiten. Sie vermutete, dass Aileen dies aus taktischen Gründen in Anwesenheit von Brad und Lavinia nicht preisgeben wollte.

„Nun, wenn wir schon mal hier sind“, sagte Mr. Townsend, „würde ich mir gern einmal das neue Hengstfohlen von Wunder ansehen.“

„Es macht sich ganz gut“, erzählte Aileen, während sie gemeinsam hinüber zu der Koppel spazierten, wo Wunder graste und Mr. Wonderful mit den anderen Fohlen herumtollte. Natürlich kamen Brad und Lavinia hinterhergetrottet. Und sie wechselten einen seltsamen, verschwörerischen Blick dabei, fand Samantha.

Samantha stieg ab, während Charlie Stolz festhielt. Charlie schüttelte den Kopf und schürzte die Lippen. Samantha stellte fest, dass der alte Trainer ziemlich blass aussah, aber vielleicht war das nur auf die Hitze zurückzuführen. „Stimmt irgendwas nicht?“, fragte sie besorgt.

„Ach was!“, polterte er verächtlich los. „Die zwei da gehen mir nur mächtig auf die Nerven. Und es gefällt mir gar nicht, welche Wirkung sie auf Aileen haben. Townsend hat uns verkündet, als du mit Stolz draußen auf der Bahn warst, dass er den größten Teil des Sommers nicht hier sein wird. Er will sich in England eventuell an einem Gestüt beteiligen. Na und du weißt ja, wer dann an seiner Stelle das Sagen hat.“

„Oh, nein!“, stöhnte Samantha und starrte hinüber zu Lavinia und Brad, die an der Koppel standen und Wunder und ihr Fohlen beobachteten.

„Ich sehe, du hast mich verstanden,“ erwiderte Charlie trocken.

Deswegen hatten die beiden also so selbstgefällig gegrinst!

Es war eine Woche später, als Samantha eines Nachmittags in den Stall ging, um Sierra zum Training auf die innere Grasbahn des Gestüts zu holen. Es war Sierras letztes Training, bevor sie, Tor und Mike zusammen nach Atlantic City fahren würden, wo das Rennen stattfand. Tor hatte Samantha gebeten, das Pferd für ihn zu reiten, damit er sich noch einmal genau Sierras Bewegungen ansehen und seine Form beurteilen konnte. Samantha wusste, dass Beth auf dem Gestüt war, weil sie sie zuvor in ihrem Auto hatte kommen sehen. Jetzt ging sie neben ihrem Vater hinüber zu den Stallungen. Aber Samantha war nicht vorbereitet auf das, was dann geschah. Als sie an einer leeren Box vorbeikam und die beiden leise miteinander sprechen hörte, schaute sie hinüber und musste mit ansehen, wie ihr Vater Beth in die Arme nahm und küsste.

Samantha hätte vor Schock fast aufgeschrien, konnte sich aber gerade noch zurückhalten. Die beiden hatten sie nicht bemerkt. Mit hochrotem Kopf und am ganzen Körper zitternd ging sie die Stallgasse hinunter, holte Sierra aus seiner Box und führte ihn an der anderen Seite aus dem Gebäude. Sie war viel zu aufgewühlt, um darüber mit Tor sprechen zu können. Sie saß einfach auf und ritt auf Sierra hinüber zur Reitbahn.

Während Samantha Sierra aufwärmte, spürte sie, wie sich in ihrem Nacken unter dem Reithelm kleine Schweißperlen bildeten. Es war sehr warm in der Nachmittagssonne. Tor hatte sie gebeten, mit Sierra nur eine Runde zu drehen. Bei der Hitze wollten sie das Pferd nicht allzu sehr anstrengen, aber es war wichtig, die Runde gut zu absolvieren.

Samantha versuchte sich so gut wie möglich zu konzentrieren, aber sie bekam das Bild des eng umschlungenen Paares einfach nicht aus ihrem Kopf. Sie spürte, wie das Blut in ihren Schläfen heftig pochte. Was fand ihr Vater bloß an dieser Frau? Was konnten Beth und ihr Vater möglicherweise gemeinsam haben?

Als Tor das Startzeichen gab, versuchte Samantha all diese lästigen Gedanken abzuschütteln. Sie ritt mit Sierra das erste von insgesamt acht Hindernissen an, aber der junge Hengst wusste, dass sie nur halb bei der Sache war. Er stürmte auf das Hindernis zu und segelte ungestüm darüber hinweg. Bei der harten Landung wurde Samantha ziemlich unsanft im Sattel hin und her geschüttelt. Sie versuchte das Pferd erneut zu versammeln und sich selbst auf die Bahn vor sich zu konzentrieren, aber Sierra begriff instinktiv, dass er die Oberhand hatte. Sie absolvierten zwar die weiteren Sprünge, bewältigten sie auch fehlerfrei, aber Samantha wusste, dass sie noch nie eine so schlechte und unausgeglichene Runde hingelegt hatten.

Samantha war klar, dass Tor nicht gerade entzückt sein würde, aber die offene Wut in seinem Gesicht erschreckte sie dann doch.

„Sammy! Was zum Teufel sollte denn das da draußen? Du hast ihn mit dir machen lassen, was er wollte! Ein solches Training ist völlig für die Katz!"

Samantha krümmte sich innerlich, aber sie wusste, dass Tor Recht hatte. Das Training war absolut nutzlos gewesen, wenn es nicht sogar geschadet hatte. Sierra könnte glauben, dass er immer seinen Kopf durchsetzen konnte.

„Es tut mir Leid", erklärte sie zerknirscht, als sie abstieg. „Ich konnte mich nicht konzentrieren."

„Nicht konzentrieren?", fragte Tor ungläubig. „Er startet in zwei Tagen bei einem Rennen!"

„Ich kann auch nichts dafür. Ich bin völlig durcheinander wegen Beth und meinem Vater. Sie war heute wieder hier. Ich habe sie im Stall gesehen und …"

Tor ließ sie den Satz nicht zu Ende sprechen. „Vielleicht lässt du deinen Vater mal ein Weilchen in Ruhe. Ich finde sowieso, dass du aus einer Mücke einen Elefanten machst."

„Nein, das tue ich nicht."

„Dein Vater hat das Recht, sich ein bisschen zu amüsieren. Er arbeitet hart genug. Und ich glaube auch nicht, dass du Beth fair beurteilst."

Samantha fühlte, wie ihr vor Wut Tränen in die Augen stiegen. „Du verstehst mich überhaupt nicht."

„Oh, doch, tue ich sehr wohl", schoss Tor zurück. „Und ich weiß auch, dass ein großes Rennen bevorsteht. Hör auf, dich ständig selbst zu bemitleiden. Denk an das, was wirklich zählt."

Samantha sah ihn mit offenem Mund an. Wie konnte er nur so mit ihr reden? Sie spürte, wie sie die Wut packte. Sie hatte nicht mehr vor, ihm zu sagen, was sie gesehen hatte, und wahrscheinlich interessierte es ihn auch gar nicht, was sie so aufgeregt hatte.

Tors Gesichtsausdruck wurde etwas weicher. „Tut mir Leid, Sammy. Ich wollte dich nicht anschreien, aber wir haben doch so hart mit Sierra gearbeitet und jetzt droht alles den Bach runterzugehen."

Samantha war nicht bereit, ihm sein Verhalten so einfach zu verzeihen. Wieso verstand er ihre Gefühle nicht? Sie wusste sehr wohl, wie hart sie mit Sierra trainiert hatten. Sie hatte es ganz bestimmt nicht darauf angelegt, alles zu verderben.

„Ich bringe ihn zum Abkühlen", erklärte sie spitz und führte Sierra weg. Doch schon war Tor wieder an ihrer Seite.

„Komm schon, Sammy, mach nicht so ein Theater", bat er sie. „Wir sagen alle mal Sachen, die wir nicht so meinen."

Samanthas Wut war noch nicht verraucht. Sie würde garantiert nicht klein beigeben. „Du hast das genauso gemeint, wie du es gesagt hast, nicht wahr?", fauchte sie ihn an. „Dass ich nur Selbstmitleid habe! In Ordnung! Du kannst ja denken, was du willst!"

„Aber, Sammy, du bist …"

Sie unterbrach ihn. „Ich habe zu tun. Um wie viel Uhr fahren wir morgen früh?", erkundigte sie sich kühl.

„Um neun."

„Okay. Bis dann also." Sie stolzierte mit Sierra davon.

Am nächsten Morgen waren sie beide sehr angespannt, als sie neben Mike im großen Transporter Platz nahmen. Len war hinten bei den Pferden. Mike hatte beschlossen, einige seiner Rennpferde zu den Rennen nach Atlantic City mitzunehmen.

„Hoffentlich bringen wir morgen ein paar Sieger zurück", scherzte Mike fröhlich. Er schien richtig begierig darauf, für einige Zeit vom Gestüt verschwinden zu können. Der ständige Strom von Leuten, die Aileen und ihn wegen der Hochzeit und des anschließenden Empfangs auf Whitebrook sprechen wollten, schien ihm ein wenig auf die Nerven zu gehen. „Allerdings setze ich vor allem auf Sierra", fügte Mike hinzu. „Die anderen Pferde sind nicht die allerbesten."

Samantha redete nicht viel auf der Fahrt, sie dachte noch an das schreckliche Training vom Tag zuvor.

„Als Len ihn eingeladen hat, sah Sierra aus, als würde er es kaum erwarten können", erklärte Tor. „Allerdings starten in diesem Rennen viel mehr erfahrene Pferde, die ihm gefährlich werden können, als im letzten."

„Ich weiß, aber das Finish vom letzten Rennen, in dem Sierra zuerst Probleme hatte, stimmt mich zuversichtlich", beruhigte ihn Mike.

Samantha hoffte, dass Mikes Zuversicht gerechtfertigt war. So verstimmt sie wegen Tor auch war, hätte sie sich am liebsten selbst ans Schienbein getreten dafür, dass ihre Konzentration beim gestrigen Training so schlecht gewesen war. Sierra war ein Pferd, das es auszunutzen verstand, wenn man ihm auch nur den kleinen Finger reichte. Und sie war sicher, dass sie ihm am vergangenen Tag ein bisschen zu viel Spielraum gelassen hatte.

Mike und Tor redeten am meisten auf der langen Fahrt. Samantha und Tor wechselten kaum ein Wort miteinander. Er schien inzwischen richtig böse auf sie zu sein.

Sie waren alle müde, als sie schließlich die drei Pferde in ihren Boxen an der Rennbahn unterbrachten. Es war eine viel kleinere Bahn als die, die Samantha bisher kennen gelernt hatte, und alle Rennen würden am Abend bei Flutlicht ausgetragen werden. Aber es war eine gute Möglichkeit, Sierra Erfahrungen sammeln zu lassen und sein Selbstvertrauen zu stärken. Die ersten drei Läufe auf dem Programm der beiden nächsten Tage waren allesamt Hindernisrennen. Dazu gab es noch etliche Galopprennen. Sierra trat im ersten Lauf an, in dem Dreijährige ihre erste Chance bekamen, und es ging immerhin über zwei und eine achtel Meile. Da keines der Pferde bisher gewonnen hatte, bedeutete es auch einen ersten Test für sie, wie talentiert sie waren. Die Siegprämien waren niedrig, aber falls Sierra gewann, wäre das zumindest ein Anfang, Mike das zurückzuzahlen, was er mit dem Verkaufsangebot ausgeschlagen hatte.

Len übernachtete auf dem Gelände des Rennstalls, für die anderen hatte Mike Zimmer im nahegelegenen Motel gebucht. Ein Doppelzimmer für ihn und Tor, ein Einzelzimmer für Samantha. Sie trennten sich vor den Türen zu ihren nebeneinander liegenden Räumen.

„Bis morgen früh dann, Sammy“, verabschiedete sich Mike.

Tor schien noch zu zögern, er machte einen Schritt auf Samantha zu. Sie stand wie angewurzelt da und wusste nicht, wie sie reagieren sollte. Tors Gesicht verhärtete sich und er nickte ihr kurz zu. „Gute Nacht.“

„Gute Nacht“, erwiderte sie. Tor und Mike gingen die wenigen Schritte bis zu ihrem Zimmer und Samantha schloss schnell ihres auf und verriegelte es dann von innen. Sie überlegte, ob sie alles verdorben hatte. Aber sie war so müde. Sie wollte nur noch schlafen.

Kapitel 8

Samantha verschlief am nächsten Morgen. Normalerweise wachte sie immer automatisch um halb sechs auf, aber als sie den Kopf hob, um auf den Reisewecker auf dem Nachttisch des Motels zu schauen, stellte sie fest, dass es bereits sieben Uhr war.

Schnell warf sie die Bettdecke zurück und schwang die Beine auf den Boden. Sie war überrascht, dass weder Tor noch Mike bei ihr an die Tür geklopft hatten, um sie zu wecken. Sie lief ins Bad, duschte schnell, putzte sich die Zähne und bürstete sich das Haar. Dann zog sie hastig Shorts, Turnschuhe und ein T-Shirt über.

Einen Augenblick später war sie mit dem Schlüssel in der Hand aus der Tür. Sie klopfte an der Tür nebenan. Niemand antwortete. Verunsichert runzelte sie die Stirn, dann ging sie hinunter ins Büro des Motels, neben dem sich ein kleines Restaurant befand. Sie würden doch wohl nicht ohne sie zur Rennbahn gefahren sein, oder?

Als sie durch die Glasscheibe ins Innere des Restaurants schaute, sah sie die beiden an einem der Tische sitzen. Schnell betrat sie den Raum.

Mike saß mit dem Gesicht zur Tür und lächelte, als er sie kommen sah. „Wir wollten dich gerade holen gehen. Wir haben auch verschlafen."

Samantha kam zu ihnen an den Tisch und nahm auf dem leeren Stuhl zwischen Tor und Mike Platz. Beide hatten Orangensaft vor sich stehen, Mike nippte an einer Tasse Kaffee. Samantha warf einen Blick auf Tor, sie fühlte sich merkwürdig befangen. Irgendwie wirkte er noch unnahbarer als am Vortag. Sie wusste, dass ihr hitziges Temperament sie wieder einmal in Schwierigkeiten gebracht hatte, aber dann fiel ihr wieder ein, warum sie sich so aufgeregt hatte. Sofort musste sie wieder an ihren Vater und Beth denken und sie spürte, wie ihr das einen richtigen Stich gab.

„Ich habe den Wecker nicht gestellt", erklärte sie. „Normalerweise wache ich aber immer ziemlich früh auf."

„Wir waren alle müde von der Reise", beschwichtigte Mike sie. „Len wird sich schon für uns um die Pferde kümmern. Da unsere Läufe erst heute Abend sind, können wir uns ruhig noch ein bisschen entspannen und gemütlich frühstücken."

Samantha griff nach der Speisekarte. Als sie Tor erneut ansah, bemerkte sie, wie er sie ernst musterte. Auf einmal hatte sie überhaupt keinen Hunger mehr. Sie hoffte, dass nicht der ganze Tag so trübsinnig werden würde, wie sein Gesicht das verhieß. Immerhin hatten sie noch etliche Stunden vor sich, bevor Sierras Hindernisrennen startete.

Das einzige, worüber Tor beim Frühstück redete, war der Trainingsplan für Sierra. „Ich möchte Sierra nachher noch einmal herausholen und lockerreiten", erklärte er. „Ich vermute, dass die Reitbahn später am Vormittag zum Trainieren freigegeben wird, da heute Nachmittag keine Läufe stattfinden."

Mike nickte und nahm einen weiteren Schluck Kaffee. „Ich habe noch mit den Offiziellen gesprochen, als wir gestern ankamen. Len war schon einmal hier, er sollte also wissen, wie alles hier vonstatten geht. Er kann uns sicher die nötigen Informationen geben. Hier geht alles ein bisschen entspannter zu als in Belmont", fügte er für Samantha hinzu.

„Das habe ich mir schon gedacht." Aber Samantha wusste, dass sie dennoch ein einziges Nervenbündel sein würde, bis alles vorüber war.

Sie verließen das Restaurant eine halbe Stunde später und gingen zur Rennbahn. Jetzt am Vormittag war auf dem Gelände hinter der Rennbahn viel mehr los als noch am Abend zuvor, als die Läufe des Tages vorbei und die Pferde bereits für die Nacht in ihre Boxen gebracht worden waren. Len schien es nicht weiter bekümmert zu haben, dass sie alle etwas spät dran waren. Er grinste sie vergnügt an und berichtete, dass er den drei Pferden bereits das Futter und das Wasser gebracht und die Boxen ausgemistet habe.

Sierra streckte den Kopf über die Tür seiner Box und beäugte neugierig seine neue Umgebung, während er ein Maul voll Heu kaute. Als Samantha zu ihm ging, bleckte er die Zähne. Sie legte ihm die Hand fest aufs Maul. „He, hör auf damit, Sierra. Ich bin heute nicht in der Stimmung für irgendwelche Späße." Sierra gehorchte ihr fast aufs Wort und schloss das Maul wieder. Neugierig beäugte er sie, als sie den Führstrick vom Haken nahm und sich daran machte ihn hinauszuführen. Tor holte bereits das Trainingsgeschirr aus der Kiste vor der Box.

Ein paar Minuten später führten sie Sierra hinaus auf die Reitbahn. Mike und Len folgten ihnen mit einem von Mikes Rennpferden. Sierra spitzte die Ohren und seine Nüstern weiteten sich, als Tor mit ihm auf die Bahn ritt. Samantha hörte den jungen Hengst aufgeregt schnauben, aber er benahm sich ordentlich auf den zwei Runden. Er war kaum außer Atem und zum ersten Mal an diesem Tag entdeckte Samantha so etwas wie Freude auf Tors Gesicht.

Nachdem sie wieder auf das Gelände hinter der Bahn zurückgekehrt waren, wusch und striegelte Samantha Sierra und half Len bei den anderen Pferden, um sich zu beschäftigen. Sie wollte nicht an das bevorstehende Rennen denken und wollte auch nicht über Tors zur Schau getragene Zurückhaltung nachdenken. Am späten Nachmittag spazierten sie noch ein wenig über das Gelände, nahmen im Café an der Rennbahn ein verspätetes Mittagessen ein und schauten sich die anderen Teilnehmer für Sierras Hindernisrennen an. Tor hatte kaum zwei Worte mit ihr gesprochen. Manchmal schien er versucht zu sein etwas zu sagen, aber dann überlegte er es sich jedes Mal wieder anders. Das ging Samantha ziemlich an die Nieren. Vielleicht sollte sie sich ja bei ihm entschuldigen oder ihm zumindest etwas ausführlicher erklären, warum sie vor zwei Tagen so durcheinander gewesen war. Aber auch sie konnte ganz schön stur sein, außerdem war sie sich unsicher, wie sie das hätte anstellen sollen. Er hatte ihr gestern nicht zuhören wollen und auch keinerlei Verständnis gezeigt. Warum sollte er jetzt bereit sein sie zu verstehen?

Als sie Sierra vor dem Rennen noch einmal spazieren führte und ihn striegelte, stellte sie fest, dass ihre Stimmung das Pferd beeinflusste. Sie konnte einfach nicht mehr klar denken und das war allein Beths Schuld. Wenn sie nicht in ihr Leben getreten wäre, hätte sie sich niemals mit Tor gestritten.

Sierra wurde unruhig, tänzelte herum und warf den Kopf hoch. Samantha hatte zu wenig Kontrolle über sich selbst, um den jungen Hengst beruhigen zu können. Sie brachte ihn zurück in den Stall und setzte sich draußen vor der Box auf die Bank. Sie fühlte sich richtig elend. Tor hatte bereits seine Sachen geholt und war im Umkleideraum der Jockeys verschwunden. Mike führte Sierra hinüber zur Registrierung. Der Hengst schnaubte laut und zog am Führstrick, als Mike ihn wieder zurückbrachte. Er warf Samantha einen besorgten Blick zu. Samantha seufzte schwer, sie wusste, dass sie zum Teil für Sierras innere Unruhe verantwortlich war. Sie blieb auf der Bank sitzen und fühlte sich mit einem Mal völlig verlassen.

Len kam daherspaziert und nahm neben ihr Platz. „Irgendwas ist los mit dir, das spüre ich. Machst du dir darüber Sorgen, wie Sierra im Rennen abschneiden wird?"

„Na ja, so ungefähr", gab sie zu.

„Aber da ist noch etwas anderes, was dir im Magen liegt, stimmt's?" Len musste gar nicht mehr sagen, Samantha vermutete, dass er natürlich mitbekommen hatte, dass sie und Tor kaum ein Wort miteinander gewechselt hatten. Fast wäre Samantha mit der Wahrheit herausgeplatzt, um sich ihre Wut und Unsicherheit von der Seele zu reden, aber sie tat es dann doch nicht.

Schließlich tätschelte ihr Len das Knie. „Es wird sich schon alles wieder einrenken. Er ist ein netter Junge. Und du bist eine nette junge Dame."

Samantha warf ihm einen kurzen Seitenblick zu. Er hatte es also bemerkt. Aber Len war bereits aufgestanden und marschierte los, um ein letztes Mal nach den Pferden zu schauen, für deren Wohl er verantwortlich war. Ein paar Minuten später stand auch Samantha auf, hängte sich ihre Handtasche um und stapfte zum Sattelplatz.

Dort wartete sie, bis Mike Sierra heranführte. Inzwischen war eine Stunde vergangen und er war kaum ruhiger geworden. Er schaute sich erregt nach den anderen Pferden auf dem Platz um, schnaubte, warf den Kopf hoch und versuchte Mike zu beißen, als dieser ihm das Zaumzeug anlegte. Samantha musste hart am Halfter ziehen, um seinen Kopf wieder in eine normale Haltung zu bringen.

„Ich hoffe, er setzt diese Energie in eine gute Leistung im Rennen um“, meinte Mike grimmig. „Er hat sich ja auch vor dem anderen Rennen schon wild aufgeführt und ihr habt das dann trotzdem noch toll hingekriegt.“

„Ja“, murmelte Samantha, „er hat begriffen, was zu tun war, als er das Feld davongaloppieren sah.“

Als Sierra das Zaumzeug angelegt war, führte ihn Samantha noch ein wenig im Führring herum. Sie hielt den Führstrick mit eiserner Hand fest, da sie die zunehmende Erregtheit des Hengstes spürte. Sie hielt Ausschau nach den Jockeys, die bald kommen mussten.

Einen Augenblick später war es soweit. Die meisten waren Amateure wie Tor, aber die Mehrzahl der Reiter hatte schon mindestens ein Dutzend Hindernisrennen absolviert. Im Durchschnitt waren die Reiter größer als die Jockeys bei Galopprennen, denn das zugelassene Gewicht reichte von 62 bis 70 Kilo.

Tors Jockeyanzug war in Blau-Weiß gehalten, Mikes Rennfarben. Die gleichen Farben zeigte auch die Satteldecke von Sierra. Tor sah sehr professionell aus, als er den Ring durchquerte, um zu ihnen zu kommen. Sie stellte fest, dass er noch immer grimmig dreinblickte.

„Er ist ziemlich unruhig“, erklärte Mike, als Tor den Sattel auflegte und festzog.

„Das merke ich“, antwortete Tor und griff nach den Zügeln.

Samantha hatte einen Kloß im Hals. Sie wollte Tor eigentlich wie immer ein paar aufmunternde Worte mit ins Rennen geben, aber sie brachte keinen Ton heraus.

„Viel Glück!“, wünschte ihm Mike, bevor er zur Box zurückmarschierte.

Samanthas Magen verkrampfte sich, als sie Sierra und Tor abermals um den Ring führte. Sie musste irgendetwas sagen. Sie konnte das Schweigen zwischen ihnen nicht länger ertragen. „Tor …“, fing sie an.

Plötzlich spürte sie, wie ihr der Führstrick durch die Finger rutschte, als Sierra sich unerwartet aufbäumte und mit den Vorderhufen in die Luft schlug. Tor wurde völlig überrascht von dieser Aktion. Während Samantha versuchte, Sierra wieder unter Kontrolle zu bekommen, sah sie aus dem Augenwinkel, wie Tor aus dem Sattel rutschte und mit lautem Krachen auf dem Boden aufschlug.

Sierra landete auf allen Vieren und Samantha bekam von der Seite sein Zaumzeug zu fassen und versuchte ihn unten zu halten. Mike kam herbeigelaufen und hielt Sierra auf der anderen Seite fest. Sierra rollte zwar mit den Augen und schnaubte wild, aber schließlich schien er nachzugeben. Samantha sah sich suchend nach Tor um, der bereits wieder auf den Füßen war. Aber sie wusste, dass es ihm peinlich war, hier vor allen Leuten von seinem Pferd abgeworfen worden zu sein. Sie schluckte, als er um das Pferd herumkam, um wieder aufzusitzen.

„Tor", bat sie mit belegter Stimme. „Es tut mir Leid. Ich weiß, dass ich ihn durch meine Unruhe so nervös gemacht habe … ich hätte nicht so wütend auf dich sein sollen …"

„Darüber reden wir später", erklärte Tor, aber sie sah, wie ein Ausdruck von Erleichterung über sein Gesicht huschte. Er nickte ihr mit einem kleinen verspannten Lächeln zu, dann wandte er seine Aufmerksamkeit wieder Sierra zu.

Zusammen mit Mike führte sie das Pferd noch ein letztes Mal im Kreis herum, mit der Hand fest am Zaumzeug. Dann war es Zeit, hinaus auf die Bahn zu gehen. Tor schien Sierra unter Kontrolle zu haben, aber Samanthas Magen verkrampfte sich, als sie und Mike zur Tribüne gingen.

Im Innenfeld wurden in Leuchtziffern die Wetten angezeigt. Nach seiner Darbietung im Führring waren die Wettquoten für Sierra von 10:1 auf 20:1 gesunken. Die Zuschauer schienen nicht mehr viel von ihm zu erwarten. Samantha war sich selbst nicht sicher, was sie denken sollte, nachdem sie Sierra so nervös hatte herumtänzeln sehen. Und das Feld war doch ganz beträchtlich, es starteten insgesamt zwölf Pferde. Sierra hatte bei der Auslosung die Nummer sechs erhalten, würde also genau in der Mitte starten. Samantha war darüber nicht sehr glücklich.

Die Pferde waren jetzt am Start. Samantha hielt den Atem an, dann seufzte sie laut und erleichtert, als Sierra beim Startschuss nach vorne stob und sofort die Führung übernahm. Er lag eine halbe Länge vorn, als Tor das erste Hindernis anritt. Er setzte mühelos darüber und hatte bereits eine Länge Vorsprung, als sie weitergaloppierten. Tor ließ ihn jetzt näher an der Innenbande laufen, um den Weg zu verkürzen, aber auch nicht zu nahe. Samantha wusste, dass Tor dem Pferd genügend Bewegungsfreiheit lassen musste. Sie war eigentlich erstaunt, dass Sierra so schnell in Führung gegangen war und dass die anderen Pferde und Reiter das zugelassen hatten. Aber sie hatte auch Angst, dass Sierra so erregt war, dass er zu dicht an die Hindernisse heranlaufen und dann an den Zügeln reißen würde.

Sie studierte Sierras Galoppsprünge und beobachtete genau, wie Tor die Zügel hielt. Er hielt sie ziemlich kurz, wie sie feststellte. Sierra stob weiter energisch vorwärts, aber seine Galoppsprünge wirkten sehr kraftvoll. Sierra wollte, dass Tor die Zügel nachgab.

Sie übersprangen das zweite Hindernis, das dritte, das vierte. Sierra hielt die Länge Vorsprung, aber manchmal hatte Samantha das Gefühl, dass er zu wagemutig über die Hindernisse sprang und dass er die Geschwindigkeit zwischen den Sprüngen steigern wollte und dadurch seinem Jockey ziemlich zusetzte. Er und Tor hatten natürlich den Vorteil, dass keine Pferde vor ihnen waren, denen sie ausweichen mussten, aber hinter ihnen passierte eine ganze Menge. Sechs Pferde übersprangen gleichzeitig das dritte Hindernis. Eines ging zu Boden, ein anderes stolperte, fing sich aber wieder. Samantha sah, dass Tor einen kurzen Blick nach hinten auf das Verfolgerfeld warf, dann waren seine Augen erneut auf das nächste Hindernis vor ihnen gerichtet.

Sierra und Tor beendeten die erste Runde und noch immer war kein anderes Pferd ihnen gefährlich geworden. Durch das Fernglas bemerkte Samantha bei Sierra Anzeichen, dass ihn das alles nicht mehr besonders zu interessieren schien. Er spitzte die Ohren, als sie an der Tribüne vorbeikamen. Vielleicht hatten ihn das Treiben und der Lärm etwas abgelenkt, überlegte sie, aber sie wusste es eigentlich besser. Sie hatte ihn so oft im Training geritten. Das Spitzen der Ohren war ein Zeichen dafür, dass er sich langweilte. Tor zog an den Zügeln, wie um ihn wachzurütteln. Sierras Ohren legten sich wieder, aber er hatte an Geschwindigkeit verloren und die anderen Pferde holten langsam auf. Eines der Pferde schloss zu ihm auf, als sie sich dem nächsten Hindernis näherten. Es war einen Kopf hinter Sierra, als sie absprangen. Sierra musste das andere Pferd gesehen haben, denn er drückte die Hinterhand kräftig in den Boden, landete weit hinter dem Hindernis und baute seinen Vorsprung wieder leicht aus, aber er war nicht mehr so groß.

Jetzt ging es über die Gegengerade in die zweite Runde, Sierra und das Pferd neben ihm kämpften um die Führung. Aber als sie zum Schlussbogen kamen und nur noch wenige Hindernisse vor ihnen lagen, hatte Samantha auf einmal das Gefühl, dass die anderen Pferde noch einmal richtig aufholten und an das Führungsduo herankamen. Sie hatte die ganze Zeit über schon befürchtet, dass Sierra vielleicht nicht mehr genügend Kraft für das Finish haben würde, um die Verfolger auf Distanz zu halten. Und jetzt bekam sie richtig Angst, dass sie vielleicht Recht behalten könnte.

Sierra und Tor kamen mit einer halben Länge Vorsprung aus dem Schlussbogen. Dann lagen nur noch ein einziges Hindernis und die Gerade bis zum Ziel vor ihnen. Sie bemerkte, dass Tor noch einen kurzen Blick nach hinten warf. Er sah die anderen näher kommen. Samantha hatte fast das Gefühl, mit ihm im Sattel zu sitzen. Was würde sie jetzt tun? Sierra die Zügel freigeben und ihre Hände in seinem Hals vergraben, um ihm anzufeuern, alles zu geben ... Oder sollte man noch Geduld haben und abwarten? Aber falls Tor das tat, konnte es auch schnell zu spät sein.

Von ihrer Position aus konnte Samantha sehen, dass Tor keine große Wahl hatte. Als er und Sierra nach dem letzten Hindernis landeten, waren auf einmal drei Pferde neben ihnen. Sierra wollte sich jedoch nicht überlaufen lassen und schoss wie eine Rakete auf die Ziellinie zu. Tor gab ihm so viel Zügel, wie er brauchte. Und zu Samanthas großem Entzücken galoppierte der große Hengst so mühelos weiter, als sei er noch völlig frisch.

„Los, lauf, lauf!“, schrie Samantha, während Sierra mit mächtigen Sprüngen davonstob. Samantha saß nur noch auf der Kante ihres Sitzes, wäre am liebsten aufgesprungen. Sierra vergrößerte seine Führung von nur einer Nasenspitze nach dem letzten Hindernis bis zu eineinhalb Längen in der Mitte der Geraden. Als er und Tor die Ziellinie überquerten, hatte er unglaubliche zwei Längen Vorsprung. Sie hatten gewonnen! Sie sprang im selben Augenblick auf wie Mike, der neben ihr saß.

Mike strahlte über das ganze Gesicht. „Also, so wie er sich vor dem Rennen aufgeführt hat, hätte ich niemals gedacht, dass er gewinnen könnte. Wie zum Teufel hat es Tor nur geschafft, ihn wieder in den Griff zu bekommen?“

„Tor ist ein guter Reiter“, erklärte Samantha, „aber ich glaube, Sierra hat auch etwas damit zu tun. Er kann es einfach nicht ausstehen, wenn ein anderes Pferd vor ihm ist.“

Die Siegerehrung fiel hier sehr bescheiden aus, aber das glückliche Lächeln auf Tors Gesicht war Dank genug für Samantha, vor allem, nachdem er sich aus dem Sattel zu ihr hinunterbeugte und sagte: „Lass uns heute Abend allein ausgehen, wir können ja Pizza essen gehen, um in Ruhe miteinander zu reden …“

„Ja“, antwortete sie einfach nur.

Sierras Leistung hatte offensichtlich einige Leute überrascht und großes Interesse beim Fachpublikum geweckt. Während sie ihn auslaufen ließen und dann in den Stall zurückbrachten, tauchten eine Menge Leute auf, um sich den Hengst einmal aus der Nähe anzusehen. Samantha war begeistert, dass Sierra so viel Aufmerksamkeit zuteil wurde, aber sie konnte es dennoch kaum erwarten, bis es endlich Abend war und sie mit Tor ausging und sie endlich die Dinge wieder ins Lot bringen konnten.

Schließlich war es soweit und sie spazierten zu einem nahegelegenen Restaurant, in dem sie sich einen ruhigen Eckplatz aussuchten, um bei einer Pizza alles durchzusprechen. Samantha sagte, dass sie alles furchtbar bedauere, dass ihr Temperament mit ihr durchgegangen sei, aber dann erzählte sie Tor, was sie so aufgeregt hatte. Sie habe natürlich nicht absichtlich Sierras letztes Training ruinieren wollen. „Als ich Sierra holen ging, habe ich Beth und meinen Vater in einer Box gesehen …“ Sie schluckte, ihre Wangen wurden heiß bei der Erinnerung an die peinliche Situation. „Sie wussten nicht, dass ich da war. Ich war so geschockt, sie eng umschlungen zu sehen, wie sie sich geküßt haben … und war gleichzeitig verlegen und wütend … und ich weiß nicht … ich hatte fast das Gefühl, als hätte mich jemand geschlagen.“ Samantha schüttelte den Kopf. „Als ich mit Sierra hinaus auf die Reitbahn ritt, war ich nicht ganz bei der Sache. Ich wusste, dass ich beim Training gepatzt hatte, aber als du mich dann auch noch ausgeschimpft hast, war alles zu spät.“

Tor streckte die Hand nach ihr aus. „Es tut mir Leid, Sammy. Ich wünschte nur, ich hätte die Geschichte gekannt. Jetzt verstehe ich, warum du so erregt warst. Du hattest allen Grund dazu."

„Du wolltest mir nicht zuhören."

„Ich weiß. Ich konnte nur an Sierra denken und dass er nur zwei Tage später ein Rennen laufen sollte. Und du interessiertest dich ausschließlich für deinen Vater und seine neue Freundin. Ich habe mir einfach einen falschen Reim darauf gemacht. Ich werfe es dir nicht vor, dass du verärgert warst. Nur habe ich an jenem Tag nicht verstanden, warum du auf mich sauer warst", fügte er hinzu. „Und als du auf der Fahrt hierher fast kein Wort mit mir geredet hast, wurde ich allmählich richtig böse. Ich hatte das Gefühl, du schwelgst einfach nur in Selbstmitleid."

„Es war einfach zu viel für mich, dass du mich angeschrien hast, wo ich mich eh schon so miserabel fühlte", gestand Samantha mit sanfter Stimme. „Aber ich hätte trotzdem nicht zulassen dürfen, dass mein Temperament so mit mir durchgeht."

„Ich verstehe dich gut. Schau, Sammy, ich weiß, wie hart es für dich war, deine Mutter zu verlieren. Und ich verstehe auch, wie schwer es für dich ist, Beth zu akzeptieren. Vielleicht solltest du einmal mit deinem Vater über deine Gefühle sprechen", schlug Tor vor und drückte ihr zärtlich die Hand.

„Vielleicht."

„Wir haben gestern beide überreagiert. Ist jetzt alles wieder in Ordnung?" Tor schaute sie aus seinen blauen Augen fragend an. „Haben wir alles ausdiskutiert?"

Samantha sah ihn an und lächelte dann erleichtert. „Ja", sagte sie, „ich glaube, jetzt ist alles wieder in Ordnung. Lass uns nie wieder streiten. Ich hasse es!"

Tor lächelte ebenfalls. „Ich auch."

Samantha war glücklich. Ihre Beziehung war wirklich etwas ganz Besonderes. Und Tor hatte Recht. Vielleicht sollte sie wirklich mit ihrem Vater über ihre Gefühle sprechen, aber er schien in letzter Zeit so vollauf mit Beth beschäftigt, dass sie sich ganz überflüssig vorkam.

Später spazierten sie Arm in Arm zurück zum Motel. Der Himmel war sternenklar und es war überhaupt eine wunderschöne Nacht, dachte Samantha. Sie fühlte sich so, als sei eine schwere Last von ihren Schultern genommen.

Kapitel 9

Die Rückfahrt nach Whitebrook verlief angenehm. Zwischen Samantha und Tor hatte sich alles wieder eingerenkt. Mike war bester Laune wegen Sierras Sieg und zwei der Pferde, die er zusätzlich mitgenommen hatte, hatten in ihren Disziplinen dank eines guten lokalen Jockeys ebenfalls gewonnen. Es war insgesamt ein überaus erfolgreicher Tag für das Gestüt gewesen.

In den folgenden Tagen herrschte hektische Betriebsamkeit, da Samantha, Aileen und Charlie sich vor allem um Stolz kümmern mussten, der am kommenden Wochenende im Suburban in Belmont starten würde. Samantha hatte gar keine Zeit, groß über ihren Vater und Beth nachzudenken oder mit ihm über ihre Gefühle zu sprechen. Und irgendwie schob sie die Diskussion auch unbewusst hinaus.

Charlie würde zusammen mit Stolz nach New York fliegen. Aileen, Mike und Samantha würden mit einem normalen Passagierflug nachkommen. Samantha packte sorgfältig ihren Koffer, damit sie nichts vergaß für die sechstägige Reise. Sie half auch Charlie, die Trensen und das Zaumzeug für Stolz zu säubern und zu verpacken. Stolz war in Topform und absolvierte sein Abschlusstraining mit beeindruckenden Zeiten. Samantha und Aileen waren sehr zuversichtlich, als sie am frühen Dienstagvormittag zum Flughafen aufbrachen.

Bei ihrer Ankunft in Belmont verging ihnen allerdings das Lachen. Lord Ainsley war bereits in den Stallungen von Townsend Acres, zusammen mit sechs weiteren Pferden aus dem Gestüt. Sie stellten fest, dass die Box am Stallende, die normalerweise Stolz bei Rennen zugewiesen bekam, bereits mit einem anderen Pferd belegt war. Stolz hatte man eine Box in der Mitte des Stalls gegeben, wo er vermutlich kein bisschen Ruhe finden würde. Und in seiner angestammten Box stand ein zweitklassiges Pferd, das in einem der weniger bedeutenden Läufe antreten sollte.

Aileen war fuchsteufelswild. Keiner von ihnen zweifelte daran, wer die Bosheit besessen hatte, die Boxbelegung zu verändern.

„Ich bringe sie dazu, das sofort wieder rückgängig zu machen", tobte Aileen. „Das ist ja lächerlich!"

„Spar dir die Mühe, dich mit dem jungen Townsend oder seiner Frau anzulegen", beschwichtigte Charlie sie. Er war richtig erzürnt und schob das Kinn vor. „Ich habe bereits mit Maddock und Hank gesprochen. Maddock konnte es auch nicht fassen, was sie sich da erlaubt haben. Wir werden einfach morgen in der Frühe die Boxplätze tauschen, wenn die jungen Herrschaften noch nicht da sind."

Natürlich gefiel das Lavinia ganz und gar nicht. Sie kam am nächsten Morgen zeitig über den Hof zu den Boxen gelaufen, aber der Tausch hatte bereits stattgefunden. Samantha legte gerade Stolz das Zaumzeug an, so dass Aileen ihn noch ein wenig bewegen konnte.

„Was ist hier los?", fragte Lavinia herrisch. „Das ist nicht die Box, die ihm zugewiesen worden ist."

„Das ist die Box, die er sonst immer hat", antwortete Aileen kühl. „Ich werde ihn nicht in der Stallmitte unterbringen, wo er ständig Lärm und Unruhe ausgesetzt ist."

„Brad und ich entscheiden, welches Pferd wo steht. Wir zahlen schließlich für die Boxen. Bringen Sie ihn sofort zurück in die Box, die ihm zugewiesen wurde."

„Er geht nirgendwo hin", mischte sich Charlie ein. „Wir bringen Stolz nicht von hier weg, damit Sie an seiner Stelle einen zweitklassigen Klepper in die beste Box stellen."

Ken Maddock bekam die erregte Diskussion mit, ließ das Pferd, das er gerade satteln wollte, stehen und kam zu ihnen geschlendert. „Ich habe dem Tausch zugestimmt“, erklärte er Lavinia. „Matchlight hat Glück, wenn er sich überhaupt platziert. Bei ihm macht es keinen großen Unterschied, wo er steht. Seine Leistung wird dadurch nicht beeinflusst. Bei Stolz ist das etwas ganz anderes.“

Lavinia starrte den Cheftrainer von Townsend Acres bitterböse an. Samantha konnte die unterdrückte Wut in ihrem Gesicht erkennen. Lavinia schien allerdings begriffen zu haben, dass sie Ken Maddock nicht herumkommandieren konnte, wie sie wollte, vor allem nicht in diesem Fall. Ihm konnte sie nicht drohen. Clay Townsend würde ihr das niemals durchgehen lassen. Er hatte das letzte Wort und er wollte wie sie alle nur das Beste für Stolz.

„Das werden wir noch sehen!“, fauchte Lavinia, machte auf dem Absatz kehrt und stürmte davon.

„Vielen Dank!“, sagte Aileen zu Ken Maddock.

Maddock schaute kopfschüttelnd hinter Lavinia her. „Keine Ursache. Ich habe nur dem einzig vernünftigen Vorschlag zugestimmt. Offen gesagt geht sie mir mit ihrem Kommandoton ganz schön auf die Nerven. Ich wünschte nur, der alte Townsend würde mal mitbekommen, wie sie sich immer aufspielt. Aber ihm gegenüber ist sie natürlich zuckersüß.“

„Nun, wir haben noch ein paar Pferde zu bewegen“, erklärte Charlie. Er schaute die Stallgasse entlang zu der Stelle, wo gerade Hank Lord Ainsley aus seiner Box führte. „Trainierst du ihn heute Morgen noch?“, fragte er Maddock.

„Brad reitet ihn. Er hat beschlossen, Lords letztes Training vor dem Rennen selbst zu übernehmen.“ Maddock blickte finster drein und stapfte davon, um sich zu Hank zu gesellen.

„Er scheint darüber nicht gerade glücklich zu sein“, stellte Samantha fest.

„Wahrscheinlich hat er Angst, Brad könnte Lord Ainsley zu hart rannehmen“, erwiderte Aileen. „Brad ist nicht gerade jemand, der gern auf die Ratschläge eines Trainers hört.“

„Nun, wenn er ihn zu hart rannimmt, sollte das nur zu unserem Vorteil sein“, erklärte Charlie. „Also, an die Arbeit.“

Samantha stand neben Charlie an der Bande, während Aileen

Stolz hinaus auf die Reitbahn lenkte. Einen Augenblick später kam Mike zu ihnen. „Wie ich höre, hab' ich hier gerade ein kleines Feuerwerk verpasst“, scherzte er.

„Ja, aber wir haben die Sache in unserem Sinn geregelt.“ Charlie zwinkerte und schaute aufs Feld zu Aileen und Stolz. Samantha bemerkte, dass das Gesicht des alten Mannes ziemlich eingefallen wirkte, aber nach der Auseinandersetzung mit Lavinia war das vielleicht auch nicht überraschend.

Während Aileen Stolz aufwärmte und langsam auf den ersten Bogen zuritt, preschte Brad mit Lord Ainsley auf die Reitbahn. Der große Braune wirkte sehr aufgeweckt, fand Samantha. Er war offensichtlich in Topform. Aber Stolz war das auch, beruhigte sie sich. Aileen versammelte Stolz und ließ ihn in gemäßigtem Tempo laufen. Sie und Charlie hatten verabredet, Stolz vor dem Rennen nur noch im leichten Galopp zu bewegen, um seine Energien für das Rennen aufzusparen.

Am Anfang der Geraden ließ Aileen Stolz ein wenig mehr Zügel. Es trainierten noch einige andere Pferde auf der Bahn, aber in geziemendem Abstand voneinander. Während des Trainings hielten sich die Reiter für gewöhnlich von den anderen Reitern und ihren Pferden fern, es sei denn, man setzte ein Führpferd ein, um ein bestimmtes Tempo vorzugeben.

Stolz bewegte sich im langsamen Galopp weiter, Aileen stand halb in den Steigbügeln. Da entdeckte Samantha Brad, der Lord Ainsley in einem etwas flotteren Galopp über die Bahn lenkte. Der Abstand zu Aileen und Stolz verringerte sich ständig. Aileen ritt ziemlich dicht an der Innenbande. Es war also genügend Platz für andere Reiter, die sie überholen wollten. Brad kam mit Lord Ainsley etwa auf gleiche Höhe, nicht allzu weit rechts von ihnen. Doch statt an Aileen und Stolz vorbeizugaloppieren, hielt er sich knapp hinter ihnen und verlangsamte das Tempo, um sich dem von Aileen und Stolz anzupassen.

„Was zum Teufel glaubt er hier aufführen zu können?“, rief Mike wütend.

„Ich weiß genau, was er probiert“, murmelte Charlie, „aber ich kann's einfach nicht fassen, dass er sich das traut.“

„Er versucht Stolz unter Druck zu setzen, nicht wahr?“, rief Samantha. Sie alle wussten, dass Stolz automatisch versuchen würde, seine Geschwindigkeit zu steigern, wenn ein Pferd neben ihm auftauchte. Und Brad wusste das auch.

Und natürlich hatte Stolz Lord Ainsley längst erspäht. Samantha sah selbst aus der großen Entfernung, wie Aileen darum kämpfte, ihn im Zaum zu halten. Stolz versuchte sich ihrem Griff zu entziehen. Trotz der straff gehaltenen Zügel erhöhte er sein Tempo. Samantha stöhnte laut, als sie sah, wie Brad ebenfalls schneller ritt, aber nur genau soviel, um wieder mit Stolz gleichzuziehen. Stolz reagierte darauf, indem er abermals an Tempo zulegte. Aileen tat alles Menschenmögliche, um ihn unter Kontrolle zu halten. Er zerrte immer ungestümer an den Zügeln, während die beiden Pferde die Gerade entlanggaloppierten.

„Ich breche diesem Typen noch den Hals“, brummte Charlie. „Stolz wird danach ziemlich erschöpft sein.“ Charlie wollte schon hinüber zu Ken Maddock marschieren, dessen Gesichtsausdruck genauso grimmig war, als Brad plötzlich die Zügel nachgab und sie an Aileen und Stolz vorbeischossen und in Höchstgeschwindigkeit den Rest der Bahn hinter sich brachten.

Aileen hatte noch immer damit zu kämpfen, Stolz unter Kontrolle zu halten. Er schien dem anderen Pferd hinterherstürmen zu wollen, doch schließlich gewannen seine guten Manieren die Oberhand.

Er wehrte sich nicht länger gegen Aileens Kontrolle, obwohl er frustriert den Kopf hochwarf. Samantha sah, dass sein Fell nass vor Schweiß war. Aileen ließ ihn seinen Unmut noch eine Viertelmeile lang ausgaloppieren, parierte ihn dann durch zu einem Arbeitstrab, drehte mit ihm noch einmal eine Runde an der Außenbande und kam dann gemächlich auf den Ausgang zugeritten.

„Ich werde mich bei der Aufsicht beschweren“, verkündete Aileen mit zusammengekniffenem Mund. „Er konnte sehen, dass wir nur einen leichten Galopp absolvierten. Er hat Stolz ganz bewusst unter Druck gesetzt. Ich habe ihn angeschrien, uns endlich zu überholen. Er schaute mich nicht einmal an. Er und diese Hexe haben das bestimmt geplant, um Stolz durcheinander zu bringen.“

Das Verhalten von Stolz war ein guter Beweis für diese Befürchtung. Er war gereizt und tänzelte auf der Hinterhand, als Aileen abzusitzen versuchte. Mike und Samantha mussten ihn festhalten, obwohl Stolz nach der Arbeit für gewöhnlich lammfromm war. Charlie ließ die Augen mit Kennerblick über das Tier wandern. Er wartete, bis Aileen auf dem Boden stand, dann nahm er schnell Stolz den Sattel ab. „Bringen wir ihn nach hinten und lassen wir ihn etwas auskühlen“, schlug er vor.

Als sie Stolz von der Reitbahn wegführen wollte, warf Samantha noch einen letzten Blick zurück und entdeckte Brad, der gerade mit Lord Ainsley die Bahn verließ. Zwischen ihm und Ken Maddock wurden ein paar scharfe Worte gewechselt. Aileen war bereits in Brads Richtung losgestürmt. Brad beendete sein Gespräch und kam ihr auf halben Weg entgegen.

„Was hast du dir bei dem gedacht, was du da draußen gemacht hast?“, fauchte sie ihn an.

Brad hob abwehrend die Hände. „Tut mir wirklich Leid“, erklärte er. „Ich weiß nicht, was in ihn gefahren ist. Ich konnte ihn partout nicht dazu bringen, an euch vorbeizuziehen.“

„Das glaubst du doch wohl selbst nicht“, widersprach ihm Aileen.

Brad setzte ein unschuldiges Gesicht auf. „Ehrlich“, betonte er, „er hat einfach nicht auf meine Befehle reagiert. Ich konnte ihn nicht dazu bringen sein Verhalten zu ändern. Und dann auf einmal war er wieder normal und hat an Geschwindigkeit zugelegt. Es täte mir wirklich Leid, wenn er dadurch Stolz durcheinander gebracht hätte.“

Na klar doch, dachte Samantha, aber sie wusste, dass Aileen Brad nicht das Gegenteil beweisen konnte, wenn er bei seiner Behauptung blieb. Denn wie sollte Aileen die anderen davon überzeugen, dass er Stolz absichtlich unter Druck gesetzt hatte?

„Ich kaufe dir das einfach nicht ab, Brad“, erklärte Aileen nun betont ruhig, „leider aber kann ich dir nicht das Gegenteil beweisen. Aber halte dich von jetzt ab von Stolz fern, das rate ich dir.“ Aileen machte auf dem Absatz kehrt. Ihr Mund war schmal vor unterdrückter Wut. Samantha entdeckte Lavinia, die hinter Ken Maddock auftauchte und zufrieden lächelte. Und genau dieses Lächeln überzeugte Samantha noch mehr davon, dass Brads Reiteinlage von eben kein Zufall gewesen war.

Sie erzählte das auch Aileen, als sie Stolz nach hinten führten. „Oh, natürlich weiß ich, dass das alles erstunken und erlogen ist“, seufzte Aileen. „Aber ich kann ihm einfach nichts beweisen. Wir müssen wirklich ständig aufpassen und auf der Hut sein. Was für eine Verschwendung von Zeit und Energie!“

Samantha kümmerte sich sofort um Stolz, wusch ihn, führte ihn am Strick zum Auskühlen herum, bürstete ihn und verwöhnte ihn, bis das übererregte Pferd sich allmählich wieder beruhigte. Als sie schließlich seine Box verließ, fühlte sie sich völlig ausgelaugt. Es waren noch zweieinhalb Tage bis zum Suburban. Wie würden sie die Zeit bis dahin überstehen? Sie betete inbrünstig, dass Mr. Townsend bald auftauchte und nicht erst am Nachmittag des Rennens ankommen würde.

Sie alle hatten ein wachsames Auge auf Stolz. Auch Hank war mit einbezogen, aber der restliche Nachmittag und auch der Abend verliefen ohne Zwischenfälle. Weder Lavinia noch Brad tauchten noch einmal auf dem Hof des Renngeländes auf.

Als Samantha und Aileen am nächsten Morgen zur Box von Stolz kamen, fanden sie dort Ken Maddock in ein Gespräch mit Charlie vertieft. Maddock blickte ziemlich erregt und mürrisch drein.

„Es tut mir echt Leid, was gestern passiert ist", entschuldigte sich Maddock bei Aileen. „Ich fühle mich deswegen ganz schrecklich. Aber Brad behauptet noch immer, dass Lord sich seinen Kommandos widersetzt hat. Mir kann er zwar keinen solchen Bären aufbinden, aber was soll ich tun? Ich kann nichts beweisen. Und dann ist da noch die Kleinigkeit, dass die Townsends mein Gehalt bezahlen. Außerdem gibt es noch andere Neuigkeiten. Lord lahmt seit heute Morgen."

„Das tut mir Leid", erklärte Aileen ehrlich und mitfühlend. „Was ist denn passiert?"

„Ich bin mir nicht sicher. Er hat gestern keinerlei Beschwerden gezeigt, als wir ihn auslaufen ließen. Vielleicht ist er in der Nacht mit dem Bein gegen die Boxenwand gestoßen … ich weiß es nicht. Ich habe einen Tierarzt rufen lassen, damit er sich ihn mal anschaut."

Samantha vermutete, dass Brad Lord Ainsley am vorigen Tag zu hart geritten hatte. „Heißt das, dass er am Samstag nicht laufen kann?", fragte sie.

„Ich weiß es nicht." Maddock zuckte mit den Schultern. „Ich muss mal abwarten, was der Tierarzt meint. Aber ich werde ihn garantiert nicht ins Rennen schicken, wenn er nicht voll auf dem Damm ist."

„Ein solches Risiko einzugehen, wäre Wahnsinn", erklärte Charlie. „Aber andererseits wäre es wirklich schade nach all der Mühe, die du dir mit ihm gemacht hast, ihn in letzter Minute abmelden zu müssen."

„Das gehört eben zum Geschäft, nicht wahr?" Maddock richtete sich zu voller Höhe auf. „Ich sage euch Bescheid, wie es weitergeht. Oh, übrigens, Townsend senior soll heute Abend ankommen, heißt es."

Gut, dachte Samantha. Mr. Townsend würde schon dafür sorgen, dass Lavinia und Brad sich nicht weiter so unverschämt aufführen konnten. Die Tatsache, dass Lord Ainsley vielleicht nicht am Rennen teilnehmen konnte, hatte nichts zu sagen. Wer wusste schon, wie Lavinia und Brad auf diese Nachricht reagieren würden.

Nachdem Samantha Stolz spazieren geführt und gestriegelt hatte, ging sie zu einer der Telefonzellen hinter den Stallungen und rief von dort Tor zu Hause an. Glücklicherweise erwischte sie ihn in einem Augenblick, als er ein wenig Zeit zum Zuhören hatte. Sie berichtete ihm, was alles passiert war. Sie konnte sich lebhaft vorstellen, wie er am anderen Ende der Leitung verächtlich den Kopf schüttelte. „Ich glaube ihnen kein Wort", erklärte er.

„Ich glaube, es geht ihnen um mehr als nur darum, dass Lord Ainsley Stolz schlägt", äußerte Samantha besorgt. „Sie möchten natürlich, dass ihr Pferd gewinnt, aber noch viel mehr möchten sie Aileen eins auswischen. Es passt ihnen überhaupt nicht, dass sie bei Stolz etwas zu sagen hat. Du weißt, wie sehr sie Aileen den Erfolg neiden."

„Ja, aber sie sind so vorsichtig, dass man sie nie wegen etwas festnageln kann. Halte durch", munterte Tor sie auf. „Du fehlst mir."

„Du mir auch", antwortete Samantha sehnsüchtig.

„Ich werde mir das Rennen am Samstag im Fernsehen anschauen. Ruf mich danach an, sobald du kannst."

„Mach ich", versprach Samantha.

Später am Nachmittag erklärte ihnen Ken Maddock, dass Lord Ainsley definitiv nicht starten würde. Der Tierarzt hatte zwar keine ernsthafte Verletzung festgestellt, aber der Knöchel der linken Hinterhand war geschwollen, vielleicht sogar geprellt. Sie behandelten die Stelle mit Eisbeuteln, aber Maddock wollte kein Risiko eingehen und ihn deswegen am Samstag nicht ins Rennen schicken.

Samantha hatte gemischte Gefühle, als sie das hörte. Zum einen war sie erleichtert, weil das den Druck auf Stolz verminderte, andererseits überlegte sie, welche Gemeinheiten sich Lavinia und Brad wohl einfallen lassen würden, um den Sieg von Stolz zu verhindern.

Eine Stunde später vernahm Samantha laute Stimmen am anderen Ende des Stalls. Sie war gerade in der Box von Stolz und überprüfte, ob er genug Wasser und Heu hatte. Heimlich hörte sie zu.

Lavinias zornige Stimme konnte man laut und deutlich verstehen. „Wie können Sie es sich erlauben, ihn aus dem Rennen zu nehmen? Das ist doch nur ein kleiner Bluterguss und er hat noch zwei Tage, um sich wieder zu erholen."

„Das ist nicht lange genug." Maddocks Stimme vibrierte, er schien am Ende seiner Geduld zu sein.

„Natürlich reicht das", erklärte Lavinia hochnäsig. „Brad und ich möchten unbedingt, dass er läuft. Und wir sind die Besitzer. Wir haben das letzte Wort."

„Gut, aber dann müssen Sie es auch verantworten, wenn dies vielleicht sein letztes Rennen war", schoss Maddock scharf zurück. „Machen Sie, was Sie wollen. Melden Sie ihn meinetwegen wieder an. Aber mich sehen Sie dann nicht am Sattelplatz. Mit so was will ich nichts zu tun haben."

Samantha riskierte einen Blick in die Stallgasse über den Rand der Boxentür hinweg. Weder Lavinia noch Maddock schauten in ihre Richtung. Sie sah Brad näher kommen. Offensichtlich hatte er Maddocks letzte Bemerkung mitbekommen. Er runzelte die Stirn und seine Worte überraschten Samantha. „Maddock hat Recht", redete er auf Lavinia ein, „wir können es nicht riskieren, ihn laufen zu lassen. Ich bin genauso enttäuscht wie du und mir geht es auch auf die Nerven, dass Aileen Griffen sich hier so aufspielt, als würde ihr der ganze Laden gehören, aber es gibt noch viele andere Rennen. Das nächste Mal werden sie uns nicht schlagen." Der eisige Unterton in seiner Stimme ließ Samantha einen Schauer über den Rücken laufen. Was hatten sie jetzt schon wieder vor?

Mr. Townsend kam wie erwartet an diesem Abend an und in den nächsten beiden Tagen ging es in den Boxen von Townsend Acres relativ ruhig zu. Doch Charlie und Aileen sahen so aus, als erwarteten sie, dass gleich die nächste Bombe platzte. Aber bis Samstagnachmittag, als Samantha und Charlie Stolz auf den Sattelplatz führten, passierte nichts mehr. Stolz war in guter Verfassung. Aileen hatte ihn am Vormittag des vergangenen Tages über die Reitbahn laufen lassen und er hatte einen guten Rhythmus gefunden. Jetzt da Lord Ainsley nicht mehr im Rennen war, war Samantha zuversichtlich, dass Stolz mit Leichtigkeit gewinnen würde. Das restliche Feld war ihm einfach nicht gewachsen, aber sie kämpfte dagegen an, jetzt schon allzu siegessicher zu sein. In einem Rennen war alles möglich.

Mr. Townsend stand bei Aileen und Mike auf dem Sattelplatz. Samantha überlegte, wie viel man ihm wohl vom Verhalten seines Sohnes und seiner Schwiegertochter in den vergangenen Tagen berichtet hatte. Brad und Lavinia waren nirgendwo zu sehen. Zum Glück, fand Samantha. Jilly war an diesem Morgen eingeflogen, frisch und voller Begeisterung, aber sie gab auch zu, dass sie erleichtert war, dass Lord Ainsley nicht antrat. Sie wusste, dass Le Blanc, der Jockey von Lord Ainsley, es ihr und Stolz nicht leicht gemacht hätte.

Noch immer war keine Spur von Lavinia und Brad zu sehen, als die Pferde schließlich gesattelt waren und die Jockeys den Führring betraten, um aufzusitzen und auf die Rennbahn zu reiten. Während Samantha Stolz und Jilly ein letztes Mal um den Ring führte, rief die Menge Stolz aufmunternde Worte zu. Man schien großes Vertrauen in ihn zu haben.

Und dieses Vertrauen war wohlbegründet. Stolz dominierte das Rennen vom Start bis zur Ziellinie. Samantha feuerte das Pferd mit lauten Rufen an, als es das Feld bereits auf der Gegengerade mit einem immer größeren Abstand anführte. Nachdem sie den Schlussbogen hinter sich gelassen hatten, vollzog er einen Handwechsel und legte abermals an Geschwindigkeit zu. Die Zuschauer hielt es nicht mehr auf den Bänken, sie sprangen hoch vor Begeisterung und riefen in Sprechchören immer wieder den Namen des jungen Hengstes, der sagenhafte fünfzehn Längen Vorsprung herausgearbeitet hatte. Der Rest des Feldes wirkte beinahe so, als stünden die Pferde still. Als Stolz mit Jilly die Ziellinie überquerte, hatte er klar mit sechzehn Längen Vorsprung gesiegt und das völlig mühelos. Er schien gar nicht erschöpft zu sein. Der Beifall von den Tribünen war ohrenbetäubend. Die Fans hatten ihren Star und der hieß Stolz.

Glückwünsche schallten ihnen von allen Seiten entgegen, als sich Samantha, Aileen, Mike und Charlie aufmachten zum Siegerkreis. Mr. Townsend war bereits dort, er sah überglücklich aus. Und jetzt waren natürlich auch Lavinia und Brad da. Samantha bemerkte, wie Lavinia Aileen einen hasserfüllten Blick zuwarf, bei dem es ihr kalt über den Rücken lief. Aber glücklicherweise hatte Aileen das nicht mitbekommen. Auch Samantha versuchte die kleine Szene schnell wieder zu vergessen. Sie nahm den Kopf von Stolz in die Hände und drückte ihm einen dicken Kuss auf die Nasenspitze.

„Du warst einfach unglaublich!“, lobte sie das Pferd. Sie war noch immer völlig hingerissen von seiner Leistung. Stolz schnaubte laut, während Jilly absaß, den Sattel abnahm und zum Wiegen verschwand.

Als Jilly schließlich wieder zum Siegerfoto aufsaß, hatten sich Lavinia und Brad direkt neben Mr. Townsend senior postiert. Samantha überraschte es in keiner Weise, dass sie unbedingt auf dem Siegerfoto mit draufsein sein wollten, selbst wenn ihr Lächeln etwas angespannt wirkte. Was sie dagegen überraschte, war die Gehässigkeit, die in Lavinias Worten lag, als sie anschließend zu Brad sagte: „Das passiert nicht noch einmal.“

Kapitel 10

Samantha half Aileen so gut sie konnte in den verbleibenden fünf Tagen bis zu ihrer Hochzeit mit Mike. Der herausragende Sieg von Stolz hatte die allgemeine Stimmung erheblich verbessert, aber Aileen und Mike konzentrierten sich jetzt völlig auf die Hochzeitsvorbereitungen. Ein Heer von Arbeitern war damit beschäftigt, gestreifte Zelte für den Empfang und das Büfett auf dem Rasen aufzubauen. Die Brautjungfern fuhren noch einmal mit Aileen nach Lexington, um ihre Kleider abzuholen. Mike, Mr. Reese, Mr. Griffen und Aileens Bruder Rory kamen ebenfalls mit in die Stadt, um ihre Smokings anpassen zu lassen. Aileen war zuvor noch einmal die Checkliste und die Details mit dem Partyservice und dem Floristen durchgegangen.

Das einzige, was Samantha in dieser Woche störte, war, dass Beth so häufig bei ihnen zu Hause zu Gast war. Ohne Samantha zu fragen, übernahm sie die Zubereitung der Abendmahlzeiten und später saß sie dann meist mit Mr. McLean auf dem Sofa, sah mit ihm fern, las etwas oder hörte Musik.

Am Mittwoch kam Tor, um Samantha zum Kino abzuholen. Samanthas Vater war gerade in den Stall gegangen, um noch einmal nach den Pferden zu sehen. Beth war in der Küche und winkte Samantha zum Abschied zu. „Einen schönen Abend. Und komm nicht zu spät nach Hause."

Samantha wäre fast geplatzt. Wieso bildete sich diese Beth ein, ihr vorschreiben zu können, wann sie nach Hause zu kommen hatte! Sie war so wütend, dass sie erst einmal tief durchatmen musste, bevor sie nach draußen zu Tor ging. Sie wollte ihm gegenüber das Thema Beth nicht erneut anschneiden, aber Beth hatte es geschafft, Samanthas Abneigung gegen sie noch weiter zu steigern.

Am nächsten Nachmittag kamen Yvonne und Gregg heraus aufs Gestüt, da sie sich für einen Geländeritt verabredet hatten. Während sie die Pferde von der Koppel holte, sah Samantha Brads Ferrari die Auffahrt zum Gestüt heraufbrausen. Brad parkte neben der Auffahrt unter den Bäumen. Samantha glaubte ihren Augen nicht zu trauen. Wie konnten es sich die beiden erlauben, einfach hier auf Whitebrook aufzutauchen, nachdem sie ihnen in New York solche Schwierigkeiten gemacht hatten?

Aileen und Charlie standen vor dem Stallbüro und unterhielten sich. Samantha sah, wie die beiden sich abrupt umdrehten und die Ankömmlinge anstarrten. Brad und Lavinia stolzierten über den Hof, als würde ihnen dieses Gestüt gehören. An der Koppel, auf der Wunder mit ihrem Fohlen graste, blieben sie stehen. Sie schienen es nicht einmal für nötig zu halten, Aileen zu begrüßen. Aileen marschierte mit zusammengekniffenen Lippen auf sie zu. Unglücklicherweise war Mike in der Stadt, um ein paar Besorgungen zu machen, aber Samantha war entschlossen, Aileen nicht mit den jungen Townsends allein zu lassen. Sie lief schnell hinter ihr her. Tor begleitete sie. Charlie kam ebenfalls hinterhergestapft. Seine blauen Augen blitzten und er murmelte zornig etwas in sich hinein.

Aileen blieb neben Lavinia und Brad stehen. „Was macht ihr hier?", fragte sie eisig.

Brad und Lavinia wandten sich betont langsam um. „Wir begutachten nur die Fortschritte des Fohlens", erklärte Brad träge. „Da mein Vater in England ist, wollten wir uns überzeugen, ob auch alles in Ordnung ist."

„Ihr seid hier nicht willkommen", erklärte Aileen mit stählerner Stimme. „Bitte geht."

Brad zog fragend die Augenbrauen hoch und lächelte. „Oh, ich denke doch, dass wir das Recht haben, unser Eigentum in Augenschein zu nehmen."

„Wunder und Mr. Wonderful sind nicht euer Eigentum. Ihr begeht Hausfriedensbruch."

„Es tut mir Leid, aber ich glaube, du bist nicht richtig im Bilde", erklärte Brad und lachte boshaft. „Solange mein Vater abwesend ist, vertreten wir ihn."

Lavinia warf ihr langes Haar schwungvoll zurück. „Oh, was ich Ihnen noch sagen wollte. Wir werden den Namen des Fohlens ändern. Mr. Wonderful klingt so gewöhnlich. Wir haben beschlossen, ihn Lavinius zu nennen, wenn wir demnächst seine Papiere bekommen."

Samantha schnappte hörbar nach Luft.

Aileen starrte Lavinia bitterböse an. „Das können Sie nicht tun."

Lavinia lächelte zufrieden. Dann drehten sich die Townsends um und gingen zu ihrem Ferrari zurück. Aileen wollte ihnen schon wütend hinterherstürmen, aber Charlie hielt sie am Arm fest. Er schüttelte den Kopf.

„Lass sie fahren", beruhigte er sie. „Du ziehst bei ihnen so doch nur den kürzeren. Ruf einfach Clay Townsend an. Maddock hat bestimmt die Telefonnummer, unter der er in England erreichbar ist."

Aileens Gesicht war kreidebleich. Samantha hätte Lavinia am liebsten erwürgt für das, was sie Aileen antat. „Lavinius." Samantha spuckte das Wort verächtlich heraus. „Für wen hält sie sich denn, dass sie einfach Wunders Fohlen nach sich benennen kann?"

„Bevor wir uns allzu sehr ereifern", brummte Charlie, „sollten wir lieber Townsend anrufen. Ich kann nicht glauben, dass er weiß, was hier geschieht."

Aileen und Charlie gingen zurück zum Haus und Samantha und Tor kehrten zu ihren Freunden zurück.

Yvonne blickte ziemlich verblüfft drein. „Sie glauben, sie kommen einfach mit allem durch! Das ist nicht zu fassen."

Aileens Unterhaltung mit Mr. Townsend brachte auch keine sofortige Aufklärung. Er erzählte, er habe Registrierungsformulare für mehrere Fohlen von Townsend Acres unterschrieben. Er, Brad und Lavinia hätten über den Namen Lavinius für eines der einjährigen Hengstfohlen diskutiert, aber er habe dabei in keiner Weise an Wunders Fohlen gedacht. Brad und Lavinia mussten ihn missverstanden haben. Auf jeden Fall würde er am folgenden Tag in die USA zurückfliegen und dann alles klären. Aileen sagte, dass sie bei dem Telefonat den Eindruck gehabt habe, dass er Wichtigeres im Kopf hatte, als sich Gedanken über den Namen eines Fohlens zu machen.

Die Nerven aller auf Whitebrook waren am Freitag bis zum Zerreißen gespannt. Charlie war richtig miesepetrig, schnauzte jeden an. Selbst Mike war am Vortag der Hochzeit völlig durcheinander. Aileen war ein einziges Nervenbündel, so dass ihre Mutter sie schließlich überreden musste, zum Gestüt der Griffens zu fahren, um sich dort etwas auszuruhen.

Samantha gesellte sich zu Mrs. Griffen, während Aileen in ihrem Auto die Auffahrt hinabfuhr. Elaine Griffen schüttelte ihr blondes Haar. Sie sah gar nicht so alt aus, um die Mutter einer Braut zu sein, dachte Samantha, und dabei war Aileen nicht einmal ihr ältestes Kind. „Ich weiß nicht, wie ich sie beruhigen kann“, erklärte sie besorgt. „Gut, fast jede Braut ist vor der Hochzeit nervös, aber da ist auch noch diese Geschichte mit Brad. Ich kenne ihn, seit er vierzehn war und er hat sich kein bisschen verändert. Eigentlich sollten er und seine Frau etwas mehr Rücksicht darauf nehmen, dass Aileen morgen heiratet.“

„Die beiden denken immer nur an sich selbst“, gab Samantha ihre eigenen Beobachtungen zum besten. „Gibt es noch etwas, was ich für Sie tun kann, Mrs. Griffen?“

Aileens Mutter lächelte sie dankbar an. „Das ist furchtbar nett von dir, Sammy, aber ich glaube, wir haben eigentlich alles so ziemlich unter Kontrolle. Aileen und Mike sind im Moment zu aufgewühlt, um das zu erkennen. Wir sehen uns dann heute Abend bei der Probe.“

„Tor und ich werden pünktlich da sein.“

Der Samstag hätte wettermäßig nicht besser sein können. Der Himmel war strahlend blau und auch die sommerliche Schwüle hatte nachgelassen. Die Luft an diesem Julitag war angenehm und die Temperatur betrug um die fünfundzwanzig Grad. Samantha, Jilly, Linda und Caroline warteten im Wohnzimmer der Familie Reese auf die Ankunft der Braut. Die Trauungszeremonie von Aileen und Mike würde in einem der Zelte unter einem riesigen Torbogen aus Blumen stattfinden. Blumenbouquets waren auch sonst überall im Zelt verteilt, das bereits jetzt mit den Hochzeitsgästen gefüllt war. Durch die offenen Fenster des Wohnzimmers drang klassische Musik herein, gespielt von einem professionellen Pianisten und Violinisten. Mike, sein Vater und sein Trauzeuge Chad McGowan, ein alter Schulfreund, der schon seit Mikes Anfängen als Trainer für ihn auf dem Gestüt arbeitete, warteten ebenfalls auf die Ankunft von Aileen. Aileens Bruder Rory und Tor fungierten als Platzanweiser im Zelt.

Die Brautjungfern tauschten nervöse und aufgeregte Blicke. Caroline strich sich den Rock ihres rosafarbenen langen Kleides glatt. „Ist es nicht unglaublich? Nicht einmal heute hat sie mich einen Blick auf ihr Kleid werfen lassen."

„Es ist bestimmt wunderschön", seufzte Linda. „Ich glaube, ich werde mein Kleid auch geheim halten, falls ich jemals heirate."

„Oh, das wirst du", erklärte Jilly.

„Momentan steht das nicht gerade ganz oben auf der Liste meiner Prioritäten, aber ich freue mich riesig für Aileen und Mike. Ich wusste immer, dass sie eines Tages heiraten würden. Sie passen so gut zusammen."

Samantha war zum Fenster gehuscht und schaute hinaus. „Da kommt sie!", rief sie. Die anderen eilten zu ihr, um sich selbst davon zu überzeugen. Aileens Vater fuhr in ihrem Chrysler vor, den sie ein Jahr zuvor für den Sieg mit Stolz im Kentucky Derby bekommen hatte. Er stieg aus und öffnete die hintere rechte Tür. Mrs. Griffen stieg ebenfalls schnell aus, um ihrer Tochter aus dem Wagen zu helfen. Dann stand Aileen neben dem Auto und ihre Mutter bückte sich, um einige Falten des Kleides zurechtzurücken. Die Mädchen schrien verzückt auf. Aileens Kleid war wirklich ein Traum, ein schlicht geschnittenes elfenbeinfarbenes Kleid mit eng anliegenden Chiffonärmeln und einem weiten bodenlangen Rock. Das Oberteil war mit rosafarbenen Rosen bestickt, ebenso der Saum des Rocks. Aileen hatte ihr langes dunkles Haar hochgesteckt und mit Rosen geschmückt, die farblich genau auf die aufgestickten Rosen abgestimmt waren. Ein zarter Schleier steckte an der Frisur und reichte bis auf den Boden.

Die jungen Frauen drehten sich zum Eingang, als Aileen und ihre Eltern hereinkamen. Sie jubelten über Aileens Kleid und ihr strahlendes Aussehen. Aileen lächelte, wirkte ein wenig nervös, aber dennoch lag ein besonderer Glanz in ihren Augen.

Caroline eilte zu ihrer Schwester und drückte ihr einen Kuss auf die Wange. „Ich hätte nie gedacht, dass du mal vor mir heiratest", scherzte sie. „Lange bist du herumgerannt, als wärst du eigentlich ein Junge."

„Nun, heute sieht sie wirklich nicht wie ein Junge aus", freute sich Linda. „Warte nur, bis Mike dich so sieht, Aileen."

Aileen errötete leicht. Mrs. Griffen überreichte ihr das Brautbouquet aus roten und weißen Blüten. „Bist du bereit?", fragte sie ihre Tochter und lächelte, aber Samantha konnte auch Tränen der Rührung in den Augen von Mrs. Griffen erkennen. Als Aileen glücklich nickte, verschwand Mr. Griffen in einem der hinteren Räume, in dem Mike bereits wartete. Der Bräutigam und sein Trauzeuge würden das Haus durch den Hinterausgang verlassen und vor dem Zelt unter dem Torbogen aus Blumen auf Aileen und ihre Brautjungfern warten, dann würden sie alle den weißen Teppich entlang schreiten bis zu der Stelle im Zelt, wo eine Art Bühne aufgebaut worden war.

Sie wussten alle, was sie zu tun hatten. Sie hatten die einzelnen Schritte am Abend zuvor geprobt. Caroline würde den kleinen Zug anführen, gefolgt von Linda, Jilly und Samantha. Dahinter würden sich Mr. und Mrs. Griffen einreihen, in deren Mitte Aileen gehen würde. „Bist du soweit?", fragte Mr. Griffen leise und schaute hinab auf seine Tochter.

„Ja, ich bin soweit", erklärte Aileen aufgeregt.

Caroline setzte sich gemessenen Schrittes in Bewegung, die anderen folgten ihr. Als sie die Hausecke umrundeten, öffnete sich ihnen der Blick auf das gut gefüllte Zelt. Mike, Chad und der Friedensrichter standen unter dem blumengeschmückten Torbogen. Caroline hielt inne. Plötzlich erklangen die ersten Akkorde des Stückes „Hier kommt die Braut". Die Gäste, elegant gekleidet in Cut und langen Kleidern, erhoben sich und wandten sich der kleinen Gruppe zu.

Samantha musste schlucken, um ihre Nervosität in den Griff zu bekommen, als sie den Gang entlangschritten. So viele Menschen sahen ihnen zu. Sie hoffte nur, dass sie nicht über ihr Kleid stolperte und hinfiel. Wenn sie schon so nervös war, wie mochte sich dann erst Aileen fühlen? Sie sah Rory, der ungefähr so alt war wie sie, vorne an einer Seite des Ganges stehen. Im Smoking sah er sehr hübsch und richtig erwachsen aus. Tor stand auf der anderen Seite und auch er sah einfach umwerfend aus, fand Samantha. Er lächelte sie an und sofort fühlte sie sich weniger nervös.

Dann bewegte sich der kleine Zug den Gang entlang nach vorn zu der kleinen Bühne. Samantha entdeckte viele bekannte Gesichter, Freunde von Aileen und Mike, Menschen, die sie aus dem Reitsport und dem Zuchtbetrieb kannte. Sie entdeckte ihren Vater mit Beth. Er lächelte sie voller Stolz an. Eine Reihe vor ihm saßen die Townsends. Samantha war froh, dass Mr. Townsend gekommen war, aber was wollten Brad und Lavinia hier? Aileen hatte sie natürlich aus Höflichkeit einladen müssen, aber hätten sie nicht selbst wissen müssen, dass sie hier nicht willkommen waren?

Caroline war vorne angekommen und schwenkte nach links. Die anderen Brautjungfern folgten ihr und stellten sich alle in Reih und Glied neben ihr auf, das Gesicht dem blumengeschmückten Bogen zugewandt. Dann drehten sie alle ihre Köpfe Aileen zu, die jetzt mit ihren Eltern vor dem Bräutigam, Chad und dem Friedensrichter angelangt war. Mike sah toll aus in seinem weißen Smoking. Seine und Aileens Augen trafen sich, sie strahlten einander an. Aileens Vater hob den Schleier von Aileens Gesicht, küsste sie auf die Wange und trat dann beiseite. Aileen küsste ihre Mutter und nahm anschließend ihren Platz neben Mike ein, das Bouquet hatte sie Caroline in die Hand gedrückt. Mike und Aileen tauschten noch einen verliebten Blick, bevor der Friedensrichter mit der Zeremonie begann.

Samantha hörte aufmerksam zu, während Aileen und Mike leise ihr Jawort sprachen, und überlegte, ob auch sie selbst eines Tages an ihrer Stelle stehen und diese Worte sprechen würde. Aileen und Samantha hatten den Text für die Zeremonie zum Teil selbst formuliert. Es ging einem richtig zu Herzen, fand Samantha, Tränen der Rührung stiegen ihr in die Augen. Während der ganzen Zeremonie blickte sich das Brautpaar liebevoll an. Jeder sah, wie sehr sie sich liebten und dass sie jedes Wort, das sie sprachen, ehrlich meinten. Schließlich ergriff Mike Aileens Hand und steckte ihr den Ehering an den Ringfinger. Sie tat es ihm nach. Dann sprach der Friedensrichter: „Hiermit erkläre ich euch zu Mann und Frau. Du darfst jetzt die Braut küssen.“

Es war ein langer und glücklicher Kuss. Als sich Braut und Bräutigam wieder den Gästen zuwandten, strahlten ihre Gesichter vor Freude und Erleichterung.

Caroline händigte Aileen das Brautbouquet aus, die Musiker stimmten die ersten Akkorde des Brautmarsches an, alle Gäste erhoben sich und in gemessenem Tempo schritten Aileen und Mike den Mittelgang entlang als Mann und Frau.

Kapitel 11

Nachdem die anderen Gäste der Braut und dem Bräutigam ihre Aufwartung gemacht hatten, trat Samantha zu Aileen und umarmte sie herzlich. „Es war wunderschön, Aileen. Ich freue mich so für dich!"

„Ich bin wirklich sehr glücklich", erklärte Aileen und warf einen Blick auf Mike, der lächelnd die Glückwünsche der anderen entgegennahm.

Einen Augenblick später spazierten sie zu einer Koppel in der Nähe des Stalls, wo die offiziellen Hochzeitsfotos gemacht werden sollten. Aileen und Mike hatten beschlossen, zumindest einige Fotos mit ihren Lieblingspferden machen zu lassen. Len strahlte übers ganze Gesicht. Angetan mit seinem schwarzen Anzug, den er für besondere Zwecke aufhob, schaute er zu, wie die beiden Stallhelfer, die Mike zusätzlich für diesen Tag angeheuert hatte, Jazzman, Stolz, Wunder, Mr. Wonderful und auch Wirbelwind mit ihrem Fohlen Preston herausführten.

Die älteren Pferde waren daran gewöhnt, dass Fotos von ihnen gemacht wurden, denn sie hatten alle schon einmal nach einem Rennen im Siegerkreis gestanden. Die Fohlen jedoch erforschten neugierig ihre neue Umgebung und schienen darauf versessen, es den Fotografen schwer zu machen. Preston schien es zu gefallen, die Rosen an Aileens Schleier einer genauen Prüfung zu unterziehen und genau in dem Augenblick, als der Fotograf „Bitte lächeln!“ rief, streckte er den Kopf hoch, um in die Rose zu beißen. Während ein weiteres Foto gemacht wurde, fand Mr. Wonderful, dass die Aussicht hinter Mike und Aileen viel interessanter war. Er drehte sich abrupt um, so dass nur sein Hinterteil aufs Bild kam.

Schließlich waren alle Fotos im Kasten und die Hochzeitsgesellschaft kehrte zu den riesigen Zeltbauten zurück, um Braut und Bräutigam mit Champagner hochleben zu lassen, bevor das Hochzeitsbüfett eröffnet wurde. Die Gäste hatten sich auf dem Rasen oder unter dem gestreiften Zeltdach niedergelassen; andere hatten es sich an den leinengedeckten Tischen gemütlich gemacht. Kellner und Kellnerinnen liefen mit Champagnerflaschen umher.

„Du siehst jetzt schon viel entspannter aus, ganz anders als vorhin, als du den Gang entlangkamst.“ Tor schaute Samantha an und lächelte. „Es war eine schöne Zeremonie, nicht wahr?“

„Ja, absolut! Hat Aileen nicht wunderbar ausgesehen?“

„Du aber auch!“ Tor blickte sie liebevoll an.

Samantha fühlte, wie sich ihre Wangen leicht röteten. „Vielen Dank“ murmelte sie. Aber sie wusste auch selbst, dass ihr das Kleid stand. Caroline hatte Samanthas Haar für diesen Tag an der Seite hochgesteckt, so dass es ihr wie eine Lockenkaskade über die Wange fiel.

Yvonne und Gregg kamen zu ihnen. „Was für eine traumhafte Hochzeit!“, rief Yvonne. „Und sie sehen beide so glücklich aus. Sie haben auch wirklich eine tolle Band engagiert.“ Sie deutete auf ein drittes Zelt, in dem ein Tanzboden eingebaut war und eine ausgezeichnete Country-Rock-Gruppe aus der Gegend gerade ihre Instrumente und die Lautsprecher aufbaute. „Der einzige Hammer ist, dass Lavinia und Brad sich hergetraut haben“, fügte Yvonne hinzu. „Die haben wirklich Nerven! Wie können sie sich hier zeigen, nach allem, was sie Aileen angetan haben? Ich dachte, sie würden zumindest so viel Anstand besitzen, nach der Zeremonie zu verschwinden, aber sie sind noch immer da.“ Yvonne deutete mit dem Kopf in die Richtung, wo die beiden standen.

Lavinia spielte wie immer die Gesellschaftsdame. Sie und Brad bewegten sich elegant durch die Menge, blieben hier und da stehen, um mit einem der erfolgreichen Züchter oder mit Leuten aus dem Renngeschäft zu plaudern. „Ich werde am besten versuchen sie schlicht zu ignorieren, obwohl das nicht einfach sein wird." Samantha seufzte. „Hör dir nur an, was sie da wieder von sich gibt!"

Lavinias durchdringende Stimme war trotz des allgemeinen Gemurmels deutlich zu hören. Sie stand nur ein paar Meter von ihnen entfernt und unterhielt sich mit der Frau eines bekannten Züchters aus Lexington. „Wirklich eine entzückende Hochzeit." Die Art, wie Lavinia diesen Satz aussprach, ließ ihn jedoch eher wie eine Beleidigung klingen. „Ich habe es aber immer seltsam gefunden, dass mein Schwiegervater ihr Wunder zur Hälfte geschenkt hat. Es ist ja nicht so, dass sie etwas getan hätte, um das zu verdienen. Eigentlich war sie doch nur eine Stallhelferin."

„Soweit ich informiert bin, war sie viel mehr als das", widersprach die andere junge Frau. „Sie und Charlie haben das junge Fohlen durchgebracht und zu einem Champion gemacht. Ich glaube, ihr Schwiegervater hatte jeden Grund, ihr dafür dankbar zu sein."

Lavinia lachte böse auf. Und Samantha hatte genug gehört. „Lass uns von hier verschwinden", bat sie. Der Partyservice hatte an einem langen Tisch an einer Seite des Zelts ein Büfett aufgebaut. Daneben stand ein zweiter Tisch, an dem die Bedienungen Champagner ausschenkten. Hinter dem Büfett standen Kellner, die auf Wunsch die Deckel der einzelnen Gerichte hoben und das köstlich duftende Roastbeef und den warmen Schinken in Portionen schnitten.

Samantha, Tor, Yvonne und Gregg reihten sich in das allgemeine Gedrängel am Büfett ein. Aileen hatte auf eine feste Sitzordnung im Zelt verzichtet. Sie und Mike saßen zusammen mit ihren Familien am Haupttisch, aber die übrigen Gäste konnten sich aussuchen, wo sie Platz nehmen wollten. Samantha sah, dass ihnen Linda und Jilly von einem Tisch aus zuwinkten. Als sie endlich ihre Teller gefüllt hatten, gingen Samantha, Tor, Yvonne und Gregg zu ihnen. Jillys Mann Craig tauchte einen Augenblick später ebenfalls mit einem beladenen Teller auf.

„Was ist denn das?", scherzte Jilly mit ihm. „Nach dem Essen wirst du heute bestimmt zwei Kilo mehr wiegen. Es sieht ganz so aus, als möchtest du den morgigen Tag im Fitness-Center verbringen."

Craig lachte schallend. „Ab und zu darf ich wohl mal über die Stränge schlagen. Und dieses Essen sieht einfach zu köstlich aus, um ihm widerstehen zu können."

„Okay", sagte Jilly und wandte sich an Linda. „Ich glaube, dann sind jetzt wir an der Reihe, uns was zu essen zu holen."

Linda hatte keinen Begleiter mitgebracht, aber es störte sie nicht, dass sie die einzige war, die zu diesem Hochzeitsfest allein gekommen war. Caroline und Justin McGowan, ihr zukünftiger Ehemann und Chads Bruder, saßen bei Aileen und Mike am Tisch.

Während Jilly und Linda zum Büfett losstürmten, kam Chad McGowan zu ihnen an den Tisch. „Ist hier noch ein Platz frei?"

„Na klar", antwortete Craig und deutete auf den leeren Stuhl. Samantha stellte Chad Yvonne und Gregg vor.

„Ich kann gar nicht glauben, was Mike und sein Vater aus diesem Gestüt gemacht haben", stellte Chad bewundernd fest. „Es ist unglaublich, wenn ich daran zurückdenke, dass Mike und ich mit gerade mal zwei Pferden anfingen, als wir noch auf der Highschool waren. Eines dieser Pferde war natürlich Jazzman." Chad grinste. „Er hat Mike eine schöne Stange Geld eingebracht."

„Bist du auch noch immer im Renngeschäft?", fragte Samantha.

Chad schüttelte den Kopf. „Ich reite zwar noch hier und da und gehe zur Rennbahn, so oft ich kann, aber ich habe jetzt einen langweiligen Bürojob. Ich arbeite für einen Broker, verkaufe Aktien und Anleihen. Ich habe gerade Mike und Mr. Reese beraten, wie sie ihr Geld anlegen können."

Linda und Jilly waren inzwischen an den Tisch zurückgekehrt. Jilly war willensstärker als ihr Mann und hatte sich nur köstliche Vorspeisen aufladen lassen, die nicht allzu viele Kalorien enthielten.

„Wie lange bleibst du hier?", fragte Chad Linda.

„Den Sommer über, dann gehe ich aufs College." Sie kicherte, als sie Chads erstauntes Gesicht sah. „Komisch, nicht? In der Highschool war ich ja nicht gerade eine große Leuchte. Aber ich interessiere mich für Sporttherapie."

Samantha wusste, dass Linda in ihrer Highschoolzeit im Tennis ein großer Star gewesen war. Und seit Jahren half sie ihrem Vater, der als Trainer arbeitete, bei den Pferden und war eine gute Reiterin. Linda würde es sicher nicht bereuen, sie hatte bestimmt das richtige Händchen, um Sportverletzungen zu behandeln.

In entspannter Atmosphäre beendeten sie das Essen. Die Band spielte eine angenehme Hintergrundmusik. Während die Kellner allmählich die Tische abräumten, legte die Band mit einem flotten Beat los. Es dauerte nicht lange, bis alle zur Tanzfläche strömten. Samantha und Tor, Yvonne und Gregg ließen sich auch nicht lange bitten. Samantha entdeckte ihren Vater, der engumschlungen mit Beth tanzte. Sie hatte die beiden schon zuvor beobachtet, wie sie Arm in Arm durch die Hochzeitsgesellschaft spaziert waren. Sie war entschlossen, heute keinen Gedanken daran zu verschwenden, was das bedeuten mochte. Sie wollte den Nachmittag genießen. Das Fest war viel zu schön, um Trübsal zu blasen.

Eine Stunde später schnitten Aileen und Mike gemeinsam den Hochzeitskuchen an und die Stücke wurden an die Gäste verteilt. Dann erhob sich Chad recht selbstbewusst, brachte einen Toast auf das Brautpaar aus und hielt eine kleine Rede. Während alle die Gläser erhoben, ließ Samantha ihre Blicke durch den Raum wandern und entdeckte Charlie neben Mr. Townsend in einer Ecke des Zelts. Sie hoffte, dass Charlie Mr. Townsend darüber aufklärte, was Lavinia und Brad sich erlaubt hatten, während er weg gewesen war. Dann gesellte sich Lavinia zu den beiden. Charlie schien die Stirn zu runzeln über das, was Lavinia sagte. Mr. Townsend schien ernsthaft etwas darauf zu erwidern. Samantha stand viel zu weit weg, um etwas von der Unterhaltung aufschnappen zu können, aber kurze Zeit darauf drehte sich Charlie um und stapfte davon.

Er kam mit finsterem Blick zu ihnen an den Tisch. „Was hat sie gesagt?“, fragte Samantha leise.

Charlie schüttelte den Kopf. „Nichts, was ich hier wiederholen möchte.“ Dann fügte er hinzu: „Townsend hat mir mitgeteilt, dass sie Lord Ainsley für das Haskell Invitational in Monmouth am 1. August gemeldet haben.“

„Es geht ihm also wieder gut“, meinte Samantha nachdenklich. „Das ist wirklich ein wichtiges Rennen.“

„Ja. Damit wollen sie ihn sicher fit machen für das Whitney am Monatsende.“

„Na ja, wenigstens wird er im Haskell nicht gegen Stolz antreten“, meinte Samantha. „Vielleicht lassen Brad und Lavinia uns ja endlich in Ruhe.“

„Darauf würde ich nicht wetten." Charlie schob das Kinn vor, sein Gesicht sah grau aus.

„Du wirkst so aufgewühlt", tastete sich Samantha vorsichtig vor.

Charlie schüttelte den Kopf. „Mach dir keine Sorgen um mich."

Die Band fing wieder zu spielen an und Tor forderte Samantha zum Tanzen auf.

Als sie wieder zum Tisch zurückkamen, schien Charlie noch immer vor Wut zu kochen. Samantha schaute ihn besorgt an. Sie dachte schon daran ihren Vater zu rufen.

Plötzlich stöhnte Charlie laut auf, griff sich an die Brust und fiel nach vorn. Samantha streckte die Hand nach ihm aus. „Charlie!", schrie sie entsetzt, als sie bemerkte, dass er auf einmal kreidebleich wurde und sich sein Gesicht vor Schmerz verzerrte. Sie packte seinen Arm und versuchte ihn zu stützen. Tor eilte ihr zur Hilfe und stützte Charlie an der anderen Seite. „Hilfe!", rief Samantha ganz laut, um die anderen zu übertönen. „Wir brauchen Hilfe!"

Alle drehten sich um und starrten zu ihnen herüber. „Ich glaube, er hat einen Herzanfall!", schrie Tor. „Wir brauchen dringend einen Arzt!"

Samantha schaute sich verzweifelt um. Charlie sackte zwischen ihr und Tor zusammen. Er stöhnte jetzt nicht mehr vor Schmerzen, was Samantha nur umso mehr Angst machte.

Einer der Gäste kam auf sie zugestürzt. „Ich bin Arzt", erklärte er. Er ließ seine Augen über Charlie wandern. „Wir sollten ihn hinlegen", forderte er Tor und Samantha auf. „Und jemand sollte einen Krankenwagen rufen." Mike eilte ihnen zu Hilfe und sie legten Charlie auf eine Decke. Sein Atem ging schwer. Er hatte die Augen geschlossen und sein Gesicht war leichenblass. Samantha fühlte, wie ihr Herz sich voller Angst zusammenkrampfte.

Sie warf einen kurzen Blick auf Aileens schockiertes Gesicht. „Was kann ich tun?", rief Aileen hilflos.

Der Arzt widmete seine ganze Aufmerksamkeit Charlie und gab keine Antwort. Er löste Charlies Krawatte, knöpfte das Hemd auf und fühlte den Puls. Eine junge Frau schob sich nach vorn. „Ich bin für Notfälle ausgebildet", erklärte sie. Der Arzt nickte und sie kniete neben ihm nieder und befolgte seine Anweisungen.

„Kennt jemand seine Krankengeschichte?", fragte der Arzt. „Hat er früher schon mal Herzprobleme gehabt?"

„Ja“, antwortete Aileen mit belegter Stimme. „Er hatte schon vor Jahren einmal Probleme, aber noch nie einen Herzinfarkt. Charlie spricht nicht gern über seine Gesundheit … er mag es nicht, wenn andere viel Trara um ihn machen.“

Mr. Reese kam herbeigelaufen. „Der Krankenwagen ist unterwegs.“

Samantha ergriff Tors Hand. Sie betete, dass es nicht zu spät sein möge für Charlie, der inzwischen das Bewusstsein verloren hatte. Sie wollte nicht wahrhaben, was hier geschah. Sie blickte in den Kreis der entsetzten Gesichter – ihr Vater, Clay Townsend, Hank, Len, Linda, Ken Maddock, Jilly und auch Craig und Yvonne. Sie alle hatten Charlie gut gekannt. Vielleicht hatten sie alle wie Samantha angenommen, dass Charlie einfach zum Gestüt gehörte und irgendwie immer da sein würde. Am Rande entdeckte sie Lavinia und Brad, aber deren Gesichter waren eher ausdruckslos.

Das angeregte Geplauder der anderen Hochzeitsgäste war zu einem leisen Murmeln herabgesunken, man hielt sich aber von der kleinen Gruppe fern, um den Arzt nicht zu behindern und Charlie nicht zu stören. Endlich hörte Samantha die Sirene des Krankenwagens. Charlie atmete noch, aber sein Atem ging sehr schwer. „Bitte, werde wieder gesund!“, flehte Samantha inbrünstig.

Der Krankenwagen kam mit quietschenden Reifen in der Auffahrt zum Stehen. Die Sanitäter liefen mit einer Rollbahre, einer Sauerstoffmaske und ihrer Notausrüstung auf sie zu.

Unter Anleitung des Arztes arbeiteten sie schnell und professionell. In wenigen Minuten hatten sie Charlie auf die Bahre gebettet, ihm die Sauerstoffmaske aufgesetzt und ihn zum Rettungswagen gebracht. Der Arzt setzte sich neben die Bahre. Mit heulender Sirene rasten sie die Auffahrt hinab und dann auf dem Highway nach Lexington.

Samantha grub ihre Finger in Tors Arm und starrte dem Krankenwagen nach. „Charlie hat so furchtbar ausgesehen“, brach es aus ihr heraus. „Oh, Tor, ich kann den Gedanken nicht ertragen, dass Charlie sterben könnte! Ich wusste, dass irgendetwas nicht in Ordnung war. Ich hätte meinen Vater rufen sollen oder Len oder Mr. Reese …“

„Hör schon auf, Sammy“, beruhigte sie Tor, aber auch seine Stimme klang ungewöhnlich belegt. „Du hast überhaupt keine Schuld.

Du konntest nicht wissen, dass er krank ist. Und er ist eine Kämpfernatur. Die Chancen stehen gut, dass er es schafft."

Yvonne kam zu ihnen und nahm Samantha tröstend in den Arm. In ihren braunen Augen standen Tränen. Die ganze Hochzeitsgesellschaft stand buchstäblich unter Schock, mit traurigen und entsetzten Gesichtern sprach man über Charlie. Niemand schien zu wissen, wie es jetzt weitergehen sollte. Aileen hatte den Kopf an Mikes Schulter gelegt, Tränen liefen ihr übers Gesicht. Samantha lief hinüber zu den beiden Frischvermählten. „Oh, Aileen!", rief sie und versuchte ihre Stimme unter Kontrolle zu bekommen. „Er wird bestimmt wieder gesund werden. Er wird es bestimmt schaffen." Samantha versuchte verzweifelt, sich selbst davon zu überzeugen.

Aileen unterdrückte ein lautes Schluchzen. „Ich hätte besser aufpassen sollen und dafür sorgen müssen, dass er besser auf seine Gesundheit achtet. Er hat das selbst nie getan."

„Er hätte nicht gewollt, dass sich jemand einmischt", unterbrach Mike sie. „Das weißt du ganz genau." Aber er wirkte ebenso am Boden zerstört wie Aileen.

„Ich möchte ins Krankenhaus fahren", erklärte Aileen. „Ich möchte jetzt bei Charlie sein."

„Wir werden beide hinfahren", tröstete Mike sie. „Ziehen wir uns nur schnell um."

Sie gingen zum Haus und Aileens Familienmitglieder liefen hinter ihnen her.

Die übrigen Hochzeitsgäste standen unsicher im Zelt herum und warfen sich fragende Blicke zu. Samantha bemerkte, dass einige der Gäste leise aufbrachen. Autos starteten und fuhren die Ausfahrt hinunter.

„Ich wünschte, wir könnten etwas tun", murmelte Jilly neben ihnen. Auch ihre Wangen waren feucht vor Tränen. „Charlie war ein unglaublich toller Mensch, zwar ein bisschen bärbeißig und leicht aufbrausend, aber er hat so viel für uns getan. Und er ist überhaupt der beste Trainer, den ich je kennen gelernt habe. Er trainiert die Pferde nicht nur, er versetzt sich förmlich in sie hinein, erfasst ihre Persönlichkeit. Er versteht sie und arbeitet an ihren ganz speziellen Problemen. Und genau das macht sie zu Siegern. Oh, Gott, ich werde ihn so vermissen, falls er nicht durchkommt! Und die arme Aileen, der arme Mike."

„Hat er irgendetwas gesagt, dass er sich schlecht fühlt?“, erkundigte sich Linda.

„Nein“, antwortete Samantha. „Aber als er an den Tisch zurückkam, sah er gar nicht gut aus. Ich hätte wahrscheinlich irgendetwas tun sollen, aber dann …“ Sie konnte nicht weitersprechen.

Ihr Vater kam zu ihnen und legte Samantha einen Arm um die Schulter. „Oh, Dad!“, rief sie weinend.

„Wir können jetzt nur hoffen, Sammy“, antwortete er düster. „Ich werde Len ins Krankenhaus fahren. Die Sache geht ihm sehr nahe. Bist du einverstanden?“

Samantha nickte.

„Bleib bei den Reeses zu Hause. Irgendjemand wird euch dort aus dem Krankenhaus anrufen, sobald wir mehr wissen.“

„Wir bleiben alle hier“, erklärte Tor, „falls es Mr. Reese nicht stört.“

„Ich glaube nicht, dass er etwas dagegen hat.“ Mr. McLean drückte Samantha noch einmal kurz an sich, dann ging er mit Beth hinüber zur Auffahrt, wo Len mit Hank und Ken Maddock auf sie wartete. Noch immer völlig geschockt und aufgewühlt gingen die anderen zum Haus, um drinnen auf Nachrichten aus dem Krankenhaus zu warten.

Kapitel 12

Eine Stunde später warteten sie noch immer ängstlich im Wohnzimmer der Familie Reese auf Nachricht. Draußen räumten die Kellner des Partyservices alles zusammen. Die Band war längst verschwunden wie auch die übrigen Gäste einschließlich Lavinia und Brad, die ziemlich hastig aufgebrochen waren. Mr. Townsend war noch eine Weile geblieben und hatte mit Mr. Griffen, seinem früheren Zuchtmanager, gesprochen und auch mit Mr. Reese. Er hatte sehr bekümmert ausgesehen.

„Ich weiß, dass die Probleme mit Lavinia und Brad Charlie ganz schön zugesetzt haben", murmelte Jilly traurig. „Der Stress war bestimmt zu viel für ihn." Sie schüttelte den Kopf und bedeckte ihr Gesicht mit den Händen.

„Ich mag die beiden auch nicht besonders", mischte sich Mr. Reese ein, „aber wir müssen fair bleiben und können nicht einfach irgendwelche Beschuldigungen erheben. Charlie ist nicht mehr der Jüngste, das wissen wir alle, und er hatte schon früher mal Probleme mit dem Herzen."

„Lavinia hat heute etwas zu ihm gesagt, dass ihn total aufgeregt hat", murmelte Samantha. Die anderen wandten sich ihr zu. „Aber ich weiß nicht, was. Er wollte es mir nicht sagen. Bitte verratet das nicht Aileen“, fügte sie schnell hinzu. „Sie macht sich ja schon genug Sorgen.“

„Du hast Recht“, stimmte ihr Jilly zu. „Das würde jetzt auch gar nichts bringen.“

„Ich hoffe nur, er schafft es“, flüsterte Samantha. Sie wagte nicht daran zu denken, wie Aileen es verkraften würde, wenn das nicht der Fall war. Ohne den alten störrischen Trainer würde nichts mehr so sein wie vorher. Samantha warf einen Blick in die Runde und sah, dass alle das Gleiche dachten wie sie.

Als das Telefon läutete, zuckten alle unwillkürlich zusammen. Mr. Reese ging schnell zum Tisch neben der Tür und nahm ab. „Hallo, Mike? Was gibt es Neues?“, fragte er. Die anderen starrten gebannt auf ihn.

Mr. Reese runzelte die Stirn, während er zuhörte, dann nickte er grimmig. „Ich sage es den anderen. Wie nimmt es Aileen auf? Ja, ich glaube, das ist eine gute Idee. Bis später dann.“

Er legte auf und wandte sich ihnen zu. „Charlie …“ Seine Stimme zitterte. „Charlie ist vor ein paar Minuten gestorben.“

„Nein!“, schrie Samantha, presste sich dann entsetzt die Hand auf den Mund. Tor legte ihr tröstend einen Arm um die Schulter, und Jilly brach in lautes Schluchzen aus, während Craig sie tröstend in die Arme nahm. Die anderen blickten schockiert und ungläubig drein.

„Ich hatte wirklich gedacht, dass er es schaffen würde“, meinte Mr. Griffen völlig benommen. „Charlie war eine richtige Kämpfernatur.“

Mr. Reese räusperte sich und fuhr mit zittriger Stimme fort: „Er hatte einen ziemlich schweren Herzinfarkt. Die Ärzte konnten nicht mehr viel tun. Man hat nur versucht, ihm die Schmerzen zu nehmen. Aileen, Mike und Len waren bei ihm. Mike sagte, dass Charlie noch einmal für ein paar Minuten bei Bewusstsein war. Er konnte nicht sprechen, aber wenigstens wusste er, dass sie bei ihm waren.“ Mr. Reese starrte hinunter auf seine Füße und versuchte seine Fassung wiederzugewinnen.

„Wie geht es Aileen?“, fragte Mrs. Griffen besorgt.

„Nicht gut. Auch Mike ist ziemlich erschüttert. Ian bringt sie und Len nach Hause.“

„Sie und Charlie standen sich so nahe“, seufzte Mrs. Griffen. „Sie hat so zu ihm aufgeschaut. Wenn ich nur daran denke …“ Sie brach in lautes Schluchzen aus, ihr Ehemann schloss sie in die Arme. Linda und Yvonne sahen ebenfalls aus, als könnten sie die Tränen kaum noch zurückhalten. Und auch die Männer kämpften sichtbar mit ihren Gefühlen.

„Wir sollten daran denken, dass er ein gutes Leben gehabt hat. Und der Jüngste war er weiß Gott nicht mehr“, erklärte Mr. Griffen. „Denken wir an die schöne Zeit, die wir mit ihm verbracht haben, und an all das Gute, das er für andere getan hat. Wir werden ihn ganz bestimmt fürchterlich vermissen.“

Leise unterhielten sie sich über Charlie, kramten alte Erinnerungen hervor. Das linderte ihren Schmerz, aber für Samantha war es unfassbar, dass sie den brummigen alten Trainer nie mehr lebend sehen würde. Verzweifelt wünschte sie sich, dass das alles nur ein böser Traum sei und sie gleich aufwachen würde. Und Charlie würde dann bei ihnen sein wie an so vielen anderen Abenden.

Als Aileen und Mike zurückkamen, gefolgt von Len, Mr. Mc Lean und Beth, sah Aileen aus, als würde sie gleich zusammenbrechen. Ihr Gesicht war weiß wie die Wand, ihre Augen rot umrändert. Mike und Len sahen nicht viel besser aus. Mrs. Griffen lief zu ihrer Tochter und nach einem kurzen leisen Gespräch mit Mike führte sie Aileen aus dem Raum. Caroline folgte ihnen schnell.

Mike sah völlig erledigt aus, setzte sich apathisch in einen Sessel und vergrub den Kopf in den Händen. „Aileen und Charlie waren sich so nahe. Ich glaube, das war jetzt alles zu viel für sie“, seufzte er. „Und ich glaube, das gilt für uns beide. Wir waren so glücklich heute, und dann das.“

Mikes Vater kam zu ihm herüber und legte ihm tröstend die Hand auf die Schulter.

„Ich glaube, wir sollten jetzt alle gehen“, schlug Yvonne leise vor.

Mike schüttelte den Kopf. „Nein, bleibt doch. Ich möchte jetzt lieber nicht allein sein. Und ich weiß, dass es auch Aileen lieber ist, wenn ihre engsten Freunde um sie sind. Man muss sie zwingen, sich ein bisschen zusammenzureißen, damit sie nicht ganz zusammenklappt. Sie hat Charlie wirklich sehr gemocht. Und angesichts all dessen, was in der letzten Zeit war …“

Ein paar Minuten später kam Aileen wieder zurück und setzte sich neben Mike. Sie hatte sich etwas frisch gemacht, sah aber noch immer blass und sehr mitgenommen aus. Beth und Mrs. Griffen brachten etwas zu essen vom Hochzeitsbüfett, das zuvor niemand mehr hatte anrühren können. Samantha war viel zu bestürzt, um in irgendeiner Weise darauf zu achten, was Beth machte. Len wirkte um Jahre gealtert, erklärte ihnen, dass er eine Kopie von Charlies Testament besitze. „Er hat es mir vor ein paar Monaten zum Aufbewahren gegeben. Irgendwie muss er gewusst haben, dass seine Uhr allmählich ablief", erzählte Len traurig. „Aber er hat sich nie beklagt."

„Wir müssen die nötigen Vorbereitungen für die Beerdigung treffen", meinte Mr. Reese.

Len schüttelte das graue zottelige Haar. „Charlie hat mir gesagt, dass er kein großes Begräbnis will. Er hat sich nur gewünscht, dass man seine Asche auf den Koppeln verteilt, so dass er immer in der Nähe seiner Pferde ist."

„Ich möchte einen Gedenkgottesdienst für ihn abhalten", erklärte Aileen mit fester Stimme. „Charlie würde sich nichts Aufwendiges wünschen, aber ich möchte noch einmal alle Phasen seiner Karriere Revue passieren lassen und die Rennwelt an seine Leistungen erinnern … auch wenn uns das nicht über seinen Verlust hinwegtrösten kann." Aileen wandte sich zu Mike und ergriff seine Hand. Sie sah ganz so aus, als würde sie gleich wieder in Tränen ausbrechen, aber sie biss sich auf die Lippen.

„Ich glaube nicht, dass Charlie etwas dagegen hätte", meinte Len. „Und der liebe Gott weiß, dass er es sich sehr wohl verdient hat."

In den nächsten Tagen versuchten alle so weiterzumachen wie bisher. Die Pferde mussten trainiert und Vorbereitungen für die Reise nach Saratoga getroffen werden. Außerdem musste noch der Gedenkgottesdienst vorbereitet werden. Das Leben auf dem Gestüt ging weiter, aber jeder schien seinen Pflichten wie in Trance nachzugehen.

Die Nachricht von Charlies Tod machte schnell die Runde im Renngeschäft. Ständig klingelte das Telefon. Alle Rennzeitschriften brachten einen Nachruf auf ihn und würdigten seine herausragenden Fähigkeiten und seine langjährige Arbeit als Trainer.

Aileen erholte sich allmählich von dem Schock, wirkte aber sicherlich nicht wie eine glückliche junge Frau. „Es hilft mir schon, wenn ich merke, wie sehr ihn alle geliebt und geschätzt haben", gestand Aileen Samantha. „Aber ich vermisse ihn so sehr! Und wie kann ich jemals in seine Fußstapfen treten? Ich habe mich immer auf seinen Rat verlassen und wenn ich jemals irgendetwas Falsches gemacht habe, dann hat er mir das immer gesagt. Wie soll ich Stolz ohne ihn auf das Whitney vorbereiten?"

„Aileen, du schaffst das schon", tröstete Samantha sie mit fester Stimme. „Du hast eine Menge von Charlie gelernt. Außerdem hast du noch Mike und meinen Vater, die dich beraten können, wenn du dir nicht ganz sicher bist."

„Wahrscheinlich hast du Recht. Mike war einfach wundervoll. Das war zwar nicht gerade ein idealer Beginn für unsere Ehe, aber ich glaube, wir sind uns dadurch noch näher gekommen. Ich weiß, dass er immer für mich da sein wird, wenn ich ihn brauche. Wir haben in dieser Woche noch so viel zu tun. Und ständig denke ich, Charlie müsste gleich aus dem Stall kommen …"

„Ich weiß", tröstete Samantha sie mit erstickter Stimme. Ihr ging es genauso, und es gab ihr jedes Mal einen Stich, wenn sie daran dachte, dass Charlie nie wieder aus dem Stall kommen würde. All das ließ sie zurückdenken an die schlimme Zeit nach dem Tod ihrer Mutter.

„Was mir auch große Angst macht", gestand Aileen, „ist, dass ich jetzt ganz allein mit Lavinia und Brad zurechtkommen muss. Das heißt zwei gegen einen."

„Du bist doch nicht allein! Du hast Mike und auch mich. Und Jilly gibt es auch noch." Samantha wollte ihr nicht eingestehen, dass auch sie selbst solche Ängste hegte.

„Ich glaube, ich werde meine Abreise nach Saratoga etwas verschieben", erklärte Aileen. „Ich fühle mich noch nicht soweit, außerdem muss ich noch den Gedenkgottesdienst für Charlie vorbereiten." Sie wollten eigentlich am 1. August nach Saratoga aufbrechen. Das hatten sie schon vor Monaten so geplant.

Len kam zu ihnen, er hatte den Rest des Gesprächs mitbekommen. Er schüttelte den Kopf. „Es wäre ganz bestimmt nicht in Charlies Sinn, wenn du die Reise nach Saratoga hinauszögerst", widersprach er. „Fahr ruhig hin und zeig, was du kannst. Charlie würde stolz auf dich sein. Der Gedenkgottesdienst kann warten. Vielleicht wäre es auch gar keine schlechte Idee, ihn dort abzuhalten, wo ihn jeder kannte und wo er fast jeden Sommer war. Wir werden die Asche von Charlie hier verstreuen, bevor du aufbrichst. Ich glaube, mehr würde er nicht wollen."

Am Mittwochabend ritt Aileen auf Wunder über die Koppeln mit einer kleinen Urne in der Hand, die Charlies Asche enthielt. Es war nur logisch, dass die Stute, an die Charlie und Aileen geglaubt hatten, als kein Mensch etwas von ihr hatte wissen wollen, bei diesem Abschied dabei war. Aileen hatte sich eine Stelle ausgesucht, von der aus man einen guten Blick über Whitebrook, die Ställe und die Trainingsbahn hatte. Von hier aus sollte Charlie einen wunderschönen Überblick über seine geliebten Vollblüter haben und über den Ort, an dem sie trainiert wurden.

Samantha schaute gemeinsam mit Mike, Mr. Reese, Len und ihrem Vater zu, wie sich das Pferd und seine Reiterin langsam über die grüne Wiese bergauf bewegten. Die letzten Sonnenstrahlen tanzten auf dem kupferbraunen Fell von Wunder und auf Aileens dunklen Haarsträhnen. Hoch oben auf dem Hang wendete Aileen das Pferd und sprach leise auf Wunder ein. Sie alle konnten sehen, wie die Stute die Ohren spitzte und dann mit dem Kopf nickte. Aileen ließ Wunder langsam traben und während die beiden die Bergspitze umrundeten, verteilte Aileen die Asche von Charlie auf dem Gras hinter ihnen.

Samantha fühlte, wie ihr die Tränen über das Gesicht liefen. Sie musste ein lautes Schluchzen unterdrücken. Einen Augenblick später spürte sie eine Hand auf ihrer Schulter. Sie blickte hoch und sah das Gesicht ihres Vaters, dem ebenfalls die Tränen in den Augen standen. In diesem Augenblick empfand Samantha zum ersten Mal seit langem wieder die enge familiäre Verbindung mit ihrem Vater, die Beth irgendwie durchtrennt zu haben schien.

Aileen war völlig in Tränen aufgelöst, als sie wieder den Abhang heruntergeritten kam. Sie brachte Wunder neben den anderen zum Stehen, stieg ab und vergrub das Gesicht in der Mähne der Stute. „Wir werden nicht zulassen, dass ihn irgendjemand vergisst, nicht wahr, mein Mädchen?", beschwor sie das Pferd. „Und ich werde deinen Sohn nach Saratoga bringen und mit ihm das Whitney gewinnen. Das tue ich für Charlie. Und ich werde dafür sorgen, dass Brad und Lavinia genau das bekommen, was sie verdienen! Müsste das Charlie nicht glücklich machen?“

Die wunderschöne Stute wieherte leise, hob den Kopf und schnaubte, als teile sie Aileens Gefühle. Dann drehte sie sich zur Seite und leckte Aileen mit der Zunge über das Haar.

Als Samantha mit Stolz das letzte Training vor Saratoga absolvierte, waren es nur noch ein paar Tage bis zum Rennen. Aileen stand allein an der Bande und schien übermannt von der Verantwortung, die sie jetzt allein für das Training des jungen Hengstes tragen musste. Für Samantha war es ungewohnt, dass Charlie nicht in der Bande stand, wo er sich in der für ihn typischen Geste immer den Hut aus der Stirn geschoben hatte, während er die Augen zusammenkniff, um die Reitbahn intensiv zu mustern. Aber Samantha wusste auch, dass Aileen es allein meistern konnte. Charlie hatte ihr ja schließlich alles beigebracht.

Trotz Aileens besorgtem Stirnrunzeln verlief das Training perfekt und Samantha hoffte, dass Aileen dadurch etwas mehr Selbstvertrauen bekommen würde. Samantha ließ Stolz die letzte Viertelmeile im Renngalopp laufen, wie Aileen ihr aufgetragen hatte. Energisch und zielstrebig stob der junge Hengst über die Bahn. Als sie am Meilenpfosten vorbeikamen, wusste Samantha, dass ihre Zeit für die Viertelmeile perfekt gewesen war. Sie tätschelte Stolz den Hals und lobte ihn, während sie ihn von der Bahn lenkte.

Aileen war nicht mehr allein. Mr. Townsend und Lavinia standen bei ihr. Samantha biss wütend die Zähne zusammen, als sie Lavinia entdeckte. Wie konnte sie es wagen, nach Whitebrook zu kommen? Als Samantha näher kam, hörte sie, wie Mr. Townsend traurig zu Aileen sagte: „Uns allen wird Charlie sehr fehlen. Er war ein toller Bursche. Sein Tod wäre zu jedem Zeitpunkt tragisch für uns gewesen, aber es tut mir Leid, dass es ausgerechnet bei deiner Hochzeit passierte.“

Aileen nickte. „Danke, aber Mike und ich kommen schon damit klar. Ich weiß, dass Charlie es sicher anders gewollt hätte, als es passiert ist.“

„Natürlich.“

„Ich habe ihm gesagt, dass er zu alt sei, um noch als Trainer zu arbeiten und besser zurücktreten sollte“, erklärte Lavinia.

Samantha hielt den Atem an. Das musste sie erst einmal verdauen. Aber dann dämmerte ihr, dass Lavinia ihm das auf dem Hochzeitsempfang gesagt haben musste. Diese Bemerkung musste dem alten Mann, der ohnehin schon gesundheitlich angeschlagen war, den Rest gegeben haben.

„Du hast jetzt wirklich keine andere Wahl, als Maddock die Verantwortung für Stolz zu übertragen und das Pferd nach Townsend Acres bringen zu lassen“, erklärte Lavinia süßlich ihrem Schwiegervater. „Die ganze Zeit schon waren Brad und ich der Meinung, dass das wohl das Beste wäre …“

Aileen unterbrach sie abrupt. „Ich bin sehr wohl in der Lage, Stolz auch allein zu trainieren, Lavinia. Ich habe ihn auch in den vergangenen Jahren trainiert – und immerhin mit einem gewissen Erfolg!“

„Du hast Charlie doch nur assistiert. Du hast weder die Erfahrung noch das Wissen …“

Nun mischte sich Mr. Townsend ein. „Ich habe großes Vertrauen in Aileens Fähigkeiten“, erklärte er entschlossen. „Sie kennt Stolz. Sie weiß genau, was am besten für ihn ist. Ich habe nicht die Absicht, die bestehende Regelung zu ändern. Wir haben das in der Vergangenheit einmal getan, mit katastrophalem Ergebnis. Und Stolz hat doch gerade ein hervorragendes Training hingelegt.“

Samantha wusste, dass Lavinia es nicht dabei belassen würde. Das konnte man schon an ihrem Gesichtsausdruck ansehen. Sie und Brad würden einfach warten, bis Clay Townsend wieder einmal unterwegs war.

Mr. Townsend wandte sich an Aileen. „Falls ich dich nicht vorher noch mal sehe, sage ich schon jetzt auf Wiedersehen bis in Saratoga. Du fährst ja schon am Samstag …“

Während Mr. Townsend mit Aileen noch über die Reisemodalitäten sprach, stolzierte Lavinia zu ihrem Cherokee. Samantha stieg ab, zog die Steigbügel hoch und führte Stolz noch ein wenig spazieren. Einen Augenblick später brach auch Mr. Townsend auf. Tröstend redete Samantha auf Aileen ein. „Es wird schon alles in Ordnung kommen, Aileen. Mr. Townsend ist ganz auf deiner Seite.“

Während des Abendessens wartete Samanthas Vater mit einer anderen unangenehmen Überraschung auf. „Beth kommt mit uns nach Saratoga“, verkündete er. „Sie hat noch etwas Urlaub und war noch nie dort. Ich denke, es wird ihr gefallen, oder meinst du nicht?“

Samantha wollte gerade die Gabel zum Mund führen. Ihre Hand blieb in der Luft hängen. Sie hatte sich so darauf gefreut, einmal nicht diese Beth ständig um sich zu haben, sondern wie in alten Zeiten die volle Aufmerksamkeit ihres Vaters zu genießen.

„Vielleicht wird sie sich ja gut amüsieren“, murmelte Samantha verärgert. „Ich jedenfalls bestimmt nicht.“

Ihr Vater schaute sie stirnrunzelnd an. „Sammy“, mahnte er sie zur Vernunft. „Ich weiß ja, dass Charlies Tod dich sehr mitgenommen hat, uns alle übrigens, aber glaubst du nicht, dass du deine Feindseligkeit gegenüber Beth ein bisschen zu weit treibst? Sie bemüht sich wirklich sehr, nett zu dir zu sein. Ich kann in keiner Weise verstehen, warum du dich ihr gegenüber so feindselig benimmst. Glaubst du nicht, dass dein Verhalten ziemlich kindisch ist?“

„Kindisch?“ Samantha dachte an all die Pflichten, die sie seit dem Tod ihrer Mutter übernommen hatte. Sie erinnerte sich, wie sie ihren Vater gefühlsmäßig wieder aufgebaut hatte, obwohl es ihr selbst auch schlecht gegangen war. Sie hatte viel schneller erwachsen werden müssen als ihre Freundinnen. „Ich bin nicht kindisch! Aber was glaubst du denn, wie ich mich fühle? Sie ist ständig hier. Sie führt sich auf, als würde unser Haus ihr gehören. Sie versucht mir zu sagen, wie ich meine Sachen machen soll, obwohl ich in den vergangenen vier Jahren allein bestens zurechtgekommen bin! Vielleicht kann sie ja dich einwickeln, aber …“

„Jetzt ist es aber genug, Sammy!“, fuhr sie ihr Vater zornig an. „Du bist ja völlig von der Rolle.“

„Nein, bin ich nicht! Ich mag sie nicht. Aber dir ist ja inzwischen völlig egal, was ich denke. Es heißt immer nur Beth … Beth … Beth!“

„Das ist nicht wahr, Samantha. Und das weißt du auch!“

„Es stimmt aber!“, schrie Samantha ihn an und hielt nur mühsam die Tränen zurück. „Wann haben denn wir beide das letzte Mal etwas zusammen unternommen? Wenn dir wirklich etwas an mir liegen würde, würdest du sie nicht ständig hierher bringen.“

Samantha wusste, dass ihr Ausbruch ihren Vater völlig durcheinander gebracht hatte, aber er schien entschlossen, ihr in diesem Fall nicht nachzugeben. „Beth kommt mit nach Saratoga. Sie hat bereits die entsprechenden Vorbereitungen getroffen und freut sich darauf. Ich kann sie jetzt nicht enttäuschen und sie bitten, ihre Pläne noch einmal zu ändern. Du wirst einfach damit leben müssen, Sammy."

Samantha schob ihren Stuhl zurück und rauschte aus dem Zimmer. Sie war fuchsteufelswild und außerdem total verletzt, weil ihr Vater anscheinend nicht ein einziges Wort von dem verstanden hatte, was sie gesagt hatte. Er hatte einfach nur Beth verteidigt, statt zu seiner Tochter zu halten! Ihre Gefühle waren sowieso mehr als überanstrengt, weil sie auch noch über den Tod von Charlie hinwegkommen musste. Sie konnte einfach nicht mehr ertragen! Sie warf sich auf ihr Bett und brach in lautes Schluchzen aus. Ihr Vater kam nicht einmal nach oben, um nachzusehen, wie es ihr ging.

Tor holte Samantha am nächsten Morgen um zehn Uhr ab. Sie hatte nicht gut geschlafen. Ihre Augen waren ganz klein und verquollen und ihre Gedanken waren völlig durcheinander. Alles schien auseinander zu fallen. Aber an diesem Vormittag hatte sie einen Termin in Lexington, sie wollte ihre Führerscheinprüfung machen. Wochen hatte sie auf den Termin warten müssen und wollte ihn nicht absagen, vor allem nicht, weil sie schon am nächsten Tag nach Saratoga aufbrechen mussten.

Tor schaute sie besorgt an, als sie einstieg. „Bist du okay?", fragte er.

Samantha nickte. Sie wollte nicht über den Streit mit ihrem Vater sprechen, sie waren ja schon einmal über Beth gegenteiliger Meinung gewesen.

Tor streckte die Hand aus und streichelte ihr sanft über die Wange. „Die letzten Tage waren wirklich schrecklich", tröstete er sie verständnisvoll. „Vielleicht heitert es dich ja ein bisschen auf, wenn du endlich den Führerschein bekommst."

Aber eine Stunde später, als Samantha Tors Wagen auf dem Hof der Führerscheinstelle parkte, wusste sie, dass sie die Prüfung nicht bestanden hatte. Sie hatte an einer Ampel vergessen, beim Rechtsabbiegen den Blinker zu setzen, und das hatte sie so durcheinander gebracht, dass sie beim Einparken gepatzt und drei Anläufe gebraucht hatte, bis sie den Wagen richtig in der Parklücke stehen hatte.

Samantha warf einen Blick auf den Fahrprüfer neben sich auf dem Beifahrersitz. Er schüttelte den Kopf, obwohl er ihre Enttäuschung bemerkte. „Es tut mir Leid, aber ich kann Sie nicht bestehen lassen."

„Ich weiß." Samantha presste die Lippen zusammen, um nicht in Tränen auszubrechen. Sie versuchte sich zusammenzunehmen, bis sie Tor draußen vor dem Gebäude sah.

„Ich bin durchgefallen." Jetzt stiegen ihr doch die Tränen in die Augen.

Tor nahm sie einfach in den Arm. „Oh, Sammy, das ist wirklich sehr schade, aber nimm's nicht so schwer. Du kannst es doch noch einmal probieren. Viele Leute fallen beim ersten Mal durch. Man ist einfach so nervös, dass man alberne Fehler macht."

Samantha schluckte. Sie wollte Tor nicht sagen, dass dahinter mehr steckte als nur ein Versagen ihrer Nerven.

„Wenn wir von Saratoga zurück sind", versuchte Tor sie aufzumuntern, „mache ich noch ein paar Übungsfahrten mit dir, dann kannst du dich ein zweites Mal zur Prüfung anmelden. Ich weiß, dass du es dann schaffen wirst."

Samantha nickte, aber im Augenblick fühlte sie sich überhaupt nicht optimistisch.

Wenigstens musste Samantha nicht gemeinsam mit Beth nach Saratoga fahren. Ihr Vater und Beth würden zusammen in seinem Wagen hinfahren. Samantha, Aileen, Mike und Len fuhren gemeinsam mit Stolz und mehreren anderen Pferden aus Mikes Gestüt. Mike hatte noch einen weiteren Stallburschen angeheuert, der ihnen helfen sollte. Er und Len fuhren hinten bei den Pferden mit. In der dann folgenden Woche würde Tor mit Sierra nach Saratoga unterwegs sein.

Sie brachen bei Morgengrauen auf und kamen am frühen Abend an der Rennbahn im Norden des Staates New York an. Sie hatten nur einmal angehalten, um zu tanken und die Pferde zu versorgen. Mike hatte seine eigenen Boxen reserviert. Stolz wurde wie gewöhnlich in einer Box von Townsend Acres untergebracht, eine Reihe weiter, aber dieses Mal hatte er eine genügend große Box am Ende der

Stallgasse. Hank hatte dafür gesorgt und Lavinia und Brad waren sowieso in Monmouth, New Jersey. Lord Ainsley war an diesem Nachmittag beim Haskell Invitational an den Start gegangen.

Sie waren alle gespannt auf das Ergebnis aus Haskell. Bald erfuhren sie die neuesten Nachrichten von den ortsansässigen Stallburschen. Lord Ainsley hatte mühelos gewonnen. „Ich habe es auf Video aufgenommen“, erzählte Hank Aileen. „Du kannst es dir später gern ansehen.“

„Das tue ich ganz bestimmt.“

Nachdem die Pferde untergebracht waren und sie den neuen Stallburschen als Wache vor der Box postiert hatten, gingen sie alle nach hinten, wo die Aufenthaltsräume der Rennmannschaften lagen, und Hank spielte ihnen das Video vor. Samantha dachte, dass Lavinia und Brad nun endlich zufrieden sein müssten. Das Rennen war wirklich ein reines Kinderspiel gewesen. Lord Ainsley hatte sich gleich an die Spitze gesetzt und dann mühelos einen Sieg mit zwei Längen Vorsprung herausgelaufen.

„Natürlich war die Konkurrenz nicht allzu groß“, meinte Hank. „Es gab zwar einige anständige Pferde im Feld, aber keines, das die Qualitäten von Stolz besitzt.“

„Ich nehme an, beim Whitney wird das Rennen zwischen ihm und Stolz entschieden werden“, stellte Aileen fest. „Ich überlege nur, welche gemeinen Tricks sich Lavinia und Brad einfallen lassen werden, damit Lord Ainsley auf jeden Fall gewinnt. Oh, mein Gott, ich wünschte, Charlie wäre hier!“

Kapitel 13

Ihre erste Woche in Saratoga verlief relativ friedlich, weil Brad und Lavinia noch nicht da waren. Sie wollten Lord Ainsley am folgenden Wochenende bringen. Samantha genoss die Ruhe, so lange sie anhielt, und ihr gefiel die alte Rennbahn mit ihren überdachten Tribünen und von Bäumen beschatteten Rasenflächen.

Sie trainierte Stolz mehrmals auf der Bahn, wobei ihr Aileen und Mike zuschauten. Stolz erregte eine Menge Aufmerksamkeit und Aileen gewann allmählich mehr Zuversicht, aber sie alle vermissten Charlie schmerzlich. Mehrmals ertappte sich Samantha dabei, wie sie nach dem alten Trainer Ausschau hielt und darauf wartete, dass er mit einer Stoppuhr in der Hand an der Bande stand oder über die halb offene Tür in die Box spähte, während sie Stolz putzte. Aileen und Stolz ging es beiden gut und das half ihr, den Verlust besser zu verschmerzen.

Das einzige Problem, das Samantha hatte, bestand darin, dass sie ihren Vater nur noch selten allein sah. Beth kam jeden Morgen aus ihrem Zimmer, um für sie alle ein herzhaftes Frühstück zuzubereiten; sie erledigte die Wäsche und organisierte den Tagesablauf – sie wirbelte umher wie eine glückliche kleine Hausfrau. Manchmal kam sie sogar zur Reitbahn, um das morgendliche Training zu verfolgen, so dass Samantha auch diese Zeit nicht allein mit ihrem Vater verbringen konnte. Seit ihrem Streit hatten sie sich nicht mehr über seine Beziehung mit Beth unterhalten. Mehrmals entdeckte Samantha einen besorgten Gesichtsausdruck bei ihm, doch nie schien sich eine Gelegenheit für eine private Aussprache zu ergeben. Samantha konnte es kaum erwarten, dass Tor kam.

Als er schließlich am folgenden Samstag den Transporter mit Sierra auf das Gelände der Rennbahn fuhr, lief Samantha ihm entgegen. Und er hatte eine Überraschung für sie. Yvonne sprang mit breitem Grinsen vom Beifahrerseitz.

Samantha umarmte sie. „Ich bin froh, dich zu sehen, aber warum hast du mir nicht vorher Bescheid gesagt, dass du mitkommst?"

„Ich habe mich erst gestern dazu entschlossen", erklärte ihr Yvonne. „Cisco hat so gut trainiert, dass ich beschlossen habe, ihm ein bisschen Ruhe zu gönnen und dir und Stolz beim Rennen zuzuschauen."

Tor war um den Transporter gegangen und umarmte nun ebenfalls Samantha. „Es wird wieder so sein wie letztes Jahr. Wir sind alle zusammen."

„Hoffen wir, dass es besser endet als letztes Jahr", erwiderte Samantha. Im vergangenen Jahr hatte Stolz das Travers-Turnier verloren und die Townsends hatten entschieden, ihn zurück nach Townsend Acres zu bringen.

„Dieses Jahr wird Stolz gewinnen!", sagte Yvonne zuversichtlich.

„Ich hoffe es! Ich glaube, wir sollten Sierra jetzt in seine Box bringen. Wie hat er die Fahrt verkraftet?", fragte Samantha Tor.

„Gut, aber das tut er ja immer." Tor ging zur Rückseite des Transporters und entriegelte die Klappe. Einen Augenblick später führte er den großen Fuchs heraus. Sierra hob den Kopf und beäugte seine Umgebung, dann schlug er mit den Vorderbeinen aus, froh darüber, aus dem Transporter herausgekommen zu sein.

„Es ist alles für ihn vorbereitet", sagte Samantha, als sie Sierra vorsichtig tätschelte. „Ich habe auch den Springparcours überprüft. Wenn wir am Montag mit der Arbeit anfangen, müsste er bis zum Rennen am Mittwoch fit sein."

Tor nickte. Als sie Sierra zu seiner Box führten, berichtete ihnen Samantha, was sich während der Woche alles ereignet hatte. „Lavinia und Brad sollen heute ankommen“, sagte sie finster.

„Sie dürften gut gelaunt sein, nachdem Lord Ainsley das Haskell gewonnen hat“, sagte Yvonne.

„Aber das heißt nicht, dass sie uns in Ruhe lassen werden – nicht, nachdem Stolz und Lord Ainsley im Whitney aufeinander treffen.“

„Ist Mr. Townsend schon angekommen?“, erkundigte sich Tor.

„Nein, leider nicht. Maddock hat gesagt, er ist noch immer in England. Niemand weiß, wie lange er genau weg sein wird.“

„Mist“, meinte Yvonne.

Nachdem sie Sierra untergebracht und Mike und Aileen aufgestöbert hatten, verließen sie alle die Reitbahn und gingen durch die schönen, schattigen Straßen Saratogas, um irgendwo eine Pizza zu essen. Dies sollte eines ihrer letzten unbeschwerten Essen sein.

Am Montagmorgen wurde die Ruhe gestört. Brad und Lavinia standen an der Bande und verfolgten zusammen mit einigen ihrer eingebildeten Freunde das Morgentraining. Beide lächelten in einem fort und plapperten unablässig über den Sieg von Lord Ainsley. „Wenn wir ihn nicht beim Suburban hätten zurückziehen müssen“, sagte Brad, „bin ich sicher, dass das Ergebnis anders ausgesehen hätte. Er hat besser trainiert als jemals zuvor.“

Samantha schürzte die Lippen, als sie eines von Mikes Pferden für die Arbeit aufzäumte. Sie wendete das Pferd und machte sich auf zur Reitbahn. „Was für ein dürrer Klepper“, sagte Lavinia laut zu einem ihrer Freunde. „Eine solch erbärmliche Kreatur wird niemals unter den Rennfarben von Townsend Acres antreten.“

Blöde Zicke! dachte Samantha. Wenngleich Blues King, das Pferd, das sie ritt, nicht besonders eindrucksvoll wirkte, war er einer der besten Sprinter in Mikes Rennstall. Mike war höchst zuversichtlich, dass er seine Rennen gewinnen würde.

Samantha beendete das Training, als Tor mit Sierra auf die Grasbahn kam. Sie übergab Mikes Pferd an Len und ging zur Bande, um zuzuschauen. Tor hatte Sierra bereits aufgewärmt und begann mit ihm über die ersten Hindernisse zu springen. Der goße junge Hengst meisterte die Sprünge mühelos und legte die Abstände dazwischen in einem flotten Galopp zurück. Tor musste ihn überhaupt nicht antreiben und Samanthas Hoffnungen wuchsen, dass sie in dem Hindernisrennen am Mittwoch gut abschneiden würden.

Sie spürte, dass jemand von hinten auf sie zukam, drehte sich aber nicht um. Dann hörte sie Brads höhnische Stimme. „Ich hab' gehört, Mike versucht es jetzt mit einem Hindernispferd. Die müssen ja schon ziemlich am Ende sein. Haben sie kein passabeles Rennpferd mehr im Stall?“ Er kicherte boshaft und ging weg, bevor Samantha etwas erwidern konnte.

„Wir werden's euch schon zeigen!“, murmelte sie.

Zwei Tage später hoffte Samantha inständig, dass sie Recht bekommen würde. Sie hatte ein flaues Gefühl im Magen, als sie am Mittwoch den Start des ersten Laufs verfolgte. Ihre Augen waren auf Tor und Sierra gerichtet, als das Feld auf das erste Hindernis zuritt. Es würde keine einfache Sache werden für Sierra. Mehrere Teilnehmer im Feld waren schon gegen Top-Pferde angetreten, Sierra aber noch nicht. Doch als Sierra und Tor das erste Hindernis überwunden hatten und an der Spitze lagen, löste sich ihre Beklemmung allmählich. Sie verfolgte mit wachsender Begeisterung, wie sie ihre Führung behaupteten.

Yvonne begann neben ihr zu kreischen. „Los, Sierra! Nicht nachlassen! Junge, bin ich froh, dass ich hergekommen bin.“

Auch Samantha feuerte sie lautstark an, als sie das vorletzte Hindernis übersprangen und die Aufholer zum Feld aufzuschließen begannen. „Los! Lass ihn laufen, Tor!“

Tor gab Sierra mit der Hand einen Klaps, worauf der junge Hengst sofort an Tempo zulegte. Die Verfolger konnten ihn nicht mehr einholen. Sierra gewann mit einer Quote von 20:1.

„Super!“, jubelte Mike, als er Aileen um den Hals fiel. „Das war ein toller Anfang!“

Samantha hätte jetzt am liebsten Brads Gesicht gesehen.

Alle waren an diesem Abend zum Feiern aufgelegt, aber als sie in einem netten Restaurant in der Stadt beim Essen saßen, kam ein Reporter der Daily Racing Form an ihren Tisch. „Ich habe gehört, die Meldung von Stolz für das Whitney soll zurückgezogen worden sein. Stimmt das?“, fragte er Aileen.

Alle starrten den Reporter an. „Wer hat Ihnen diesen Blödsinn erzählt?“, fragte Aileen.

„Das erzählt man sich überall auf der Rennbahn."

„Es ist nicht wahr", sagte Aileen. „Ich habe absolut keinen Grund, die Meldung zurückzuziehen. Er ist in Topform und das Training verläuft optimal."

Der Reporter verzog das Gesicht. „Das dachte ich mir auch. Aber es geht das Gerücht, Townsend Acres hätte beschlossen, nur eines seiner Pferde laufen zu lassen."

„Diese Misttypen", murmelte Aileen zornig. „Das Gerücht ist falsch", sagte sie zu dem Reporter. Sie knüllte ihre Serviette zusammen und warf sie auf den Teller. „Ich werde das gleich klären und außerdem muss ich nach Stolz schauen." Sie und Mike standen auf. Mike sah aus, als hätte er am liebsten jemandem den Hals umgedreht.

„Ich begleite euch", sagte Samantha schnell.

„Nein, bleib hier und iss weiter, Sammy. Du hast es verdient, ein bisschen zu feiern."

„Ich mache mir solche Sorgen", erwiderte Samantha.

„Ich ruf dich von der Bahn aus an – und mit Stolz müsste alles in Ordnung sein. Len hält dort die Stellung."

Aileen und Mike eilten davon.

„Dass die beiden nie aufhören können", sagte Mr. McLean zornig. „Solche Gerüchte zu verbreiten, ist absolut unfair."

„Aber ich bin sicher, sie haben ihre Spuren gut verwischt", sagte Tor. „Niemand wird ihnen nachweisen können, dass sie dieses Gerücht in die Welt gesetzt haben."

„Können sie die Meldung von Stolz zurückziehen?", erkundigte sich Beth.

„Nicht ohne Aileens Einwilligung."

„Das wäre nicht passiert, wenn Charlie oder Mr. Townsend hier wären", sagte Yvonne.

„Ich bin sicher, Lavinia und Brad wollen es ausnutzen, dass Aileen noch jung ist und relativ wenig Erfahrung hat", meinte Mr. McLean. „Sie wollen sie aus dem Konzept bringen, das ist alles."

Einige Minuten später kam ein Kellner an den Tisch und richtete Samantha aus, dass ein Anruf für sie gekommen sei. Sie lief zum Telefon.

„Stolz geht es gut", sagte Aileen ohne Vorrede. „Aber es war gut, dass Len vor der Box Posten bezogen hat. Brad und Lavinia sind mit ihren rotznasigen Freunden auf dem Rennbahngelände aufgetaucht und wollten von Len wissen, wie er dazu kommt, eine Box von Townsend Acres zu bewachen. Len hat ihnen erklärt, dass er für die andere Eigentümerin arbeitet. Da hat Lavinia wieder ihre große Nummer abgezogen und sich aufgeführt, als hätte sie hier was zu sagen, aber Len hat sich nicht vertreiben lassen."

„Hast du sie gesehen?", fragte Samantha.

„Nein – aber ich kann's kaum erwarten!"

Als Tor an diesem Abend Samantha am Apartment absetzte, das Mike für die McLeans gemietet hatte, wartete ihr Vater schon auf sie. Er war allein, was Samantha noch mehr überraschte. Vielleicht war Beth früher heimgefahren, dachte sie hämisch.

Ihr Vater sah aus, als habe er ihr etwas zu sagen und wisse nicht, wie er anfangen sollte. „Sammy, ich muss mit dir reden. Setz dich mal eine Minute, bitte." Er schwieg, bis Samantha am anderen Ende der Couch Platz genommen hatte, dann begann er zögernd. „Mir gefällt das nicht, was mit uns passiert. Du bist in letzter Zeit so distanziert und ich weiß, dass das zum Teil auch meine Schuld ist. Ich habe den Großteil meiner Zeit mit Beth verbracht und mir zu wenig Gedanken darüber gemacht, wie du das alles aufnehmen würdest. Beth hat heute Abend mit mir geredet. Auch sie ist nicht glücklich. Sie weiß, dass du sie nicht magst."

Samantha erstarrte unwillkürlich. Ihr gefiel die Vorstellung nicht, dass Beth über sie redete, aber sie wollte wissen, was ihr Vater ihr zu sagen hatte.

„Ich will nur, dass du weißt, dass du bei mir immer an erster Stelle kommst, Sammy. Versteh bitte, dass ich niemals deine Mutter vergessen werde. Ich werde sie immer lieben, aber sie ist nicht mehr bei uns. Beth ist für mich etwas Besonderes geworden. Sie wird nie deine Mutter ersetzen können – und das will sie auch gar nicht. Sie will uns auch nicht auseinanderbringen. Sie hat sich entschlossen, morgen nach Hause zu fahren."

Samantha empfand Erleichterung, in die sich aber sogleich ein Anflug von Schuld mischte. „Sie reist meinetwegen ab?"

„Nun … sie hat gemeint, du würdest vielleicht glücklicher sein, wenn sie nicht mehr hier ist."

Samantha schloss die Augen und seufzte. Eine leichte Röte überzog ihre Wangen. Das hatte sie nicht gewollt – dass Beth verschwand. Warum kam sie sich plötzlich wie eine dumme Gans vor, die andere Menschen unglücklich machte, nur damit sie ihren Kopf durchsetzte?

Ihr Vater griff herüber und nahm ihre Hand. „Sammy, ich habe erst jetzt begriffen, wie schwer das alles für dich gewesen sein muss …"

Nun bekam Samantha wirklich Schuldgefühle. „Dad, es ist auch meine Schuld. Ich wollte Beth keine Chance geben. Seit Mam gestorben ist, hat es nur noch dich und mich gegeben, und dann ist plötzlich Beth gekommen und war ständig um dich herum. Das konnte ich einfach nicht ertragen."

„Sie hat begriffen, dass sie einen Fehler gemacht hat – wir beide haben einen gemacht. Aber jetzt mache ich mir Sorgen um dich."

„Ich habe mich ziemlich ekelhaft aufgeführt", sagte Samantha.

„Aus verständlichen Gründen. Ich habe die Sache unglücklich angepackt. Ich empfinde viel für Beth. Das kann ich nicht ändern. Aber auch deine Gefühle sind mir wichtig. Vielleicht sollten wir es noch einmal versuchen … noch mal von vorn anfangen."

Samantha zögerte. Sie fühlte sich noch immer innerlich zerrissen, aber zumindest wusste sie jetzt, dass ihr Vater nicht versuchte sie auszuschließen. Vielleicht hatten Tor und Yvonne Recht – ihr Vater hatte es verdient, wieder eine Frau in seinem Leben zu haben, wenn er das wollte. Dadurch wurde das Andenken an ihre Mutter nicht beeinträchtigt. „Ich will es versuchen", sagte sie und schaute hinab auf ihre Hände. „Ich bin froh, dass du mit mir gesprochen hast, und ich will nicht, dass Beth glaubt, sie muss meinetwegen abreisen."

„Das tut sie nicht, aber vielleicht wäre es für uns beide gut, wenn wir jetzt ein bisschen mehr Zeit miteinander verbringen", sagte Mr. McLean. „Es wird keine einfache Woche werden vor dem Whitney. Du und Aileen, ihr werdet ein bisschen Unterstützung brauchen, um mit den Problemen fertigzuwerden, die euch die Townsends bestimmt machen. Ich will euch helfen, so gut ich kann – ohne mich durch andere Dinge ablenken zu lassen." Er grinste verlegen. „Wie wär's mit einer Umarmung?"

Beth hatte früh am nächsten Morgen ihre Koffer gepackt und war bereit zur Abreise. Samantha kam sich komisch vor, aber sie wusste, sie musste irgendetwas zu Beth sagen, bevor sie abfuhr. Ihr Vater war in sein Zimmer gegangen und hatte sie allein gelassen.

Beth begrüßte Samantha mit einem Lächeln. Sie schien nicht im mindesten böse zu sein, was Samanthas Unbehagen nur noch verstärkte. „Ich war nicht sehr nett zu Ihnen, nicht wahr?", sagte Samantha schnell. „Ich weiß, dass ich Ihnen das Leben hier nicht leicht gemacht habe, aber ich möchte nicht, dass Sie meinetwegen abreisen."

„Ich habe mich nicht sehr wohl gefühlt, das stimmt", gab Beth zu, „aber ich glaube, ich verstehe dich jetzt besser. Ich weiß, wie schwer es für dich gewesen sein muss, deine Mutter zu verlieren. Ich hätte mehr Rücksicht auf deine Gefühle nehmen und erkennen müssen, dass du eine Weile brauchst, bis du eine neue Frau im Leben deiner Familie, deines Vaters akzeptieren kannst. Ich möchte gern eine Freundin für dich sein. Dein Vater und ich haben uns heute Morgen unterhalten. Ich habe mich entschlossen, auf jeden Fall nach Hause zu fahren. Ihr beide habt eine arbeitsreiche Woche vor euch und ich habe zu Hause einiges zu erledigen. Vielleicht könnten wir beide nochmal von vorn anfangen, wenn ihr zurückkommt?"

Samantha nickte.

„Ich verspreche, dass ich mich dann nicht wieder wie ein Elefant im Porzellanladen aufführen werde."

Beth drehte sich um, als Samanthas Vater in den Raum kam.

„Seid ihr soweit?", fragte er. Seine Frage hatte eine doppelte Bedeutung.

„Ich bin fertig", sagte Beth und lächelte.

Mr. McLean wirkte erleichtert. „Ich bring' dich zur Reitbahn, Sammy, dann fahre ich Beth zum Flughafen-Bus. Sag Mike, dass ich ein paar Minuten später komme."

Aileen war bereits in der Box von Stolz, als Samantha kam. Samantha warf einen Blick die Stallgasse entlang und sah, dass sich nur Ken Maddock und Hank vor den Boxen von Townsend Acres aufhielten.

„Bis jetzt haben sie sich nicht blicken lassen", sagte Aileen. „Aber ich werde ihnen was erzählen, wenn sie auftauchen."

Samantha wollte Stolz für die Arbeit fertig machen. Der junge Hengst wieherte fröhlich, als sie in seine Box trat. Sie rieb mit der Hand über seinen schlanken Hals und lächelte. „Du siehst gut aus heute Morgen, mein Junge. Willst du gleich raus?" Stolz schnaubte zustimmend, als sie die Decke von seinem Rücken nahm, sie zusammenlegte und nach den Bürsten griff. Sie striegelte ihn ein bisschen und reinigte seine Hufe, dann befestigte sie den Führstrick am Halfter und führte ihn hinaus. Len hatte bereits vor der Box das Zaum- und Sattelzeug zurechtgelegt. Aileen half Samantha beim Aufzäumen.

„Heute will ich mal stoppen, wie schnell er ist", sagte Aileen.

„Ich schaue, ob Brad und Lavinia vielleicht inzwischen gekommen sind."

„Ich bin sicher, dass sie kommen. Maddock trainiert heute Morgen Lord Ainsley."

Mike und Hank kamen zu ihnen mit zwei von Mikes Pferden, zusammen gingen sie hinaus zur Reitbahn. Samantha erzählte Mike, was ihr Vater ihr gesagt hatte.

„Ich habe gar nicht mitbekommen, dass Beth schon abgereist ist", sagte Mike.

„Sie wollte ziemlich früh aufbrechen."

Auf der Bahn befanden sich bereits einige Pferde. Ken Maddock erteilte dem Reiter von Lord Ainsley Anweisungen, aber von Lavinia und Brad war nichts zu sehen.

Samantha konzentrierte sich auf die Arbeit. Sie bemerkte, dass es einige Zuschauer gab, und wusste, dass sie gekommen waren, weil sowohl Stolz als auch Lord Ainsley trainieren würden. Das Gerücht, dass Stolz nicht am Whitney teilnehmen würde, hatte wahrscheinlich zusätzlich das Interesse geschürt.

Samantha machte es sich im Sattel bequem und begann Stolz auf der Bahn lockerzureiten. Sie sah, dass Lord Ainsleys Reiter ihn auf der anderen Seite der Bahn galoppieren ließ.

Stolz bewegte sich wunderbar. Als sie sich dem Meilenpfosten näherten, schnalzte Samantha mit der Zunge und er wechselte sofort in einen flotten Galopp. Auf der ersten halben Meile hielt sie ihn in gemäßigtem Tempo, dann schnalzte sie abermals mit der Zunge und gab die Zügel nach, worauf Stolz nach vorn schoss und die letzte halbe Meile im Renngalopp zurücklegte.

Er war noch immer voller Energie, als Samantha sein Tempo zurücknahm und ihn von der Bahn lenkte. „So ist's richtig, großer Junge! Du wirst uns nie enttäuschen, nicht wahr? Hoffen wir, dass das Aileen ein bisschen aufgeheitert hat."

Samantha ließ ihn durch den Ausgang traben und freute sich, als sie sah, dass Aileen lächelte. „Perfekt, Sammy", sagte sie, während sie Stolz hielt, damit Samantha absitzen konnte. „Es hätte nicht besser sein können."

„Wie hat Lord Ainsley im Training ausgesehen?", erkundigte sich Samantha.

„Leider auch sehr gut."

Samantha bemerkte, dass inzwischen ihr Vater gekommen war – aber auch Lavinia und Brad. Samanthas Vater kam zu ihnen herüber.

„Da sind sie ja endlich", sagte Aileen und schaute in Richtung der Townsends. „Ich glaube, ich gehe gleich mal rüber und spreche mit ihnen."

„Tu das. Ich helfe Sammy beim Absatteln von Stolz."

Aileen legte entschlossen die paar Meter an der Bande zurück bis zu der Stelle, wo Brad und Lavinia standen. Plötzlich wurde es unter den Zuschauern ruhig, alle eilten ihr nach, um mitzukriegen, was gesprochen wurde. Aileen bemühte sich nicht im Geringsten, ihre Stimme zu senken, als sie Brad und Lavinia zur Rede stellte.

„Da hat sich ein komisches Gerücht verbreitet. Ich dachte mir, ihr beiden könntet mir mehr dazu sagen."

„Oh, es ist fürchterlich, nicht wahr?", erwiderte Lavinia. „Brad und ich haben alles getan, um es zu unterbinden."

„Ach, lass das doch, Lavinia. Ihr habt es doch selbst in die Welt gesetzt."

„Unsinn!", widersprach Brad. „Mach dich doch nicht lächerlich."

„Niemand hätte die Geschichte geglaubt, wenn sie nicht aus einer zuverläsigen Quelle gekommen wäre. Von mir ist sie nicht. Also muss sie aus Townsend Acres gekommen sein und das heißt von dir, da dein Vater ja noch in England ist."

Brads Stimme klang höhnisch. „Du machst dich doch komplett lächerlich, Aileen."

„Nein, Brad. Ich glaube, das wird dich teuer zu stehen kommen." Aileen drehte sich um und ging hinüber zu Samantha und Mr. McLean.

Lavinia lachte gekünstelt. „Unglaublich, sie denkt tatsächlich, wir hätten es nötig, ein solches Gerücht in die Welt zu setzen! Und warum regt sie sich über einen solchen Blödsinn eigentlich so auf?“

Samantha sah, dass ein Lächeln Aileens Lippen umspielte, als sie auf sie zukam. „Ich dachte mir, dass sie es abstreiten würden“, sagte Aileen, „aber wenigstens habe ich es ihnen ins Gesicht gesagt.“

Kapitel 14

Eine Woche lang war alles ruhig. Samantha hatte das schreckliche Gefühl, dass es die Ruhe vor dem Sturm war und versuchte sich selbst davon zu überzeugen, dass Aileen Recht hatte – Lavinia und Brad konnten nicht mehr viel tun, um ihnen zu schaden. Das Whitney würde in zwei Tagen stattfinden. Stolz war in Topform. Die Spannung vor dem Zusammentreffen der beiden erfolgreichsten Rennpferde des Landes wuchs.

„Ich wünschte, ich müsste mir keine Sorgen mehr machen", sagte Samantha zu Tor und Yvonne. Samantha hatte Stolz für den Nachmittag zurück in seine Box gebracht und sie hatten nach Sierra geschaut. Mike hatte sich entschlossen, Sierra in der letzten Woche des Treffens abermals antreten zu lassen.

„Warum verschwinden wir nicht eine Weile von hier?", schlug Tor vor. „Wie wär's mit einem Spaziergang in die Stadt? Das lenkt euch ein bisschen ab."

„Gute Idee", erwiderte Yvonne.

Samantha nickte. „Du hast Recht. Ich glaube auch, ich muss hier mal weg. Hat Aileen euch erzählt, dass sie für Charlie vor dem Rennen im Paddock Pavillon eine Gedenkveranstaltung abhalten will?"

„Ja, das ist eine sehr schöne Geste."

Der Spaziergang in die Stadt war eine Wohltat für Samantha. Sie kam zu der Einsicht, dass sie sich umsonst Sorgen machte. Die folgenden Tage würden ohne Probleme verlaufen, Stolz würde in Bestform sein und Lord Ainsley schlagen und Aileen würde die Genugtuung genießen können, einen Triumph über Brad und Lavinia errungen zu haben.

Als sie zur Bahn zurückkehrten, kam Hank auf sie zu. „Ich habe schlechte Nachrichten für euch. Maddock hat gerade etwas von Clay Townsend gehört. Seine Geschäfte halten ihn noch einige Zeit in England auf. Er wird nicht zum Rennen kommen." Hank schnaubte. „Brad hat volle Handlungsfreiheit, bis er wieder zurück ist."

„O nein!", rief Samantha. „Weiß Aileen es schon?"

„Ja. Sie, dein Vater und Mike sind drüben im Aufenthaltsraum."

„Danke, Hank. Wir gehen gleich zu ihnen. Hat sich Brad schon sehen lassen."

„Nein. Ich glaube, er und Lavinia sind ein bisschen verunsichert. Die Gerüchte über Stolz waren ein Schuss, der nach hinten losgegangen ist. Aber heute habe ich noch keinen von ihnen gesehen."

Aileen war offensichtlich wütend über die neue Entwicklung. „Ich kann nicht glauben, dass Mr. Townsend mir das antut. Er muss doch wissen, dass man Brad und Lavinia nicht trauen kann."

„Brad ist immerhin sein Sohn", meinte Mr. McLean. „Und Eltern übersehen die Fehler ihrer Kinder gern."

„Außerdem", sagte Yvonne, „haben sie nie etwas gedreht, wenn er in der Nähe war."

Mike griff über den Tisch und drückte Aileens Hand. „Bis jetzt ist nichts passiert. Und wenn einer von ihnen etwas tut, um dich zu ärgern, dann sollen sie mich kennen lernen. Jetzt reicht's."

„Das meine ich auch", stimmte ihm Mr. McLean zu. Er warf einen Blick auf Samantha und lächelte ihr aufmunternd zu. In den letzten paar Tagen waren sie wieder ganz gut miteinander ausgekommen. Er telefonierte jeden Abend mit Beth, aber Samantha kam damit nun besser zurecht. Beth erschien ihr nun nicht mehr als eine so große Bedrohung. Aber sie hatte sich auch noch nicht völlig umstimmen lassen. Sie brauchte noch ein bisschen Zeit, um damit zurechtzukommen, aber sie wollte versuchen einen neuen Anfang zu machen, wenn sie wieder zu Hause waren.

Der Freitag verlief ohne Komplikationen. Lavinia und Brad tauchten kurz vor der Box von Lord Ainsley auf, verließen dann aber die Rennbahn wieder.

„Haben sie irgendwas über das Rennen gesagt?“, erkundigte sich Samantha bei Hank.

Der Pferdepfleger schüttelte den Kopf. „Nur dass Lord Ainsley gut vorbereitet ist auf das Rennen. Er hat heute Morgen wirklich eine gute Arbeit gezeigt, und darüber haben sie sich gefreut.“

War es möglich, dass sie am Ende aufgegeben hatten und Aileen keine weiteren Schwierigkeiten mehr machen würden? überlegte Samantha.

Am Freitagabend fuhren sie alle in die Stadt zum Essen. Samantha fiel auf, dass Aileen ihr Essen kaum anrührte. Auch Samantha wurde nun allmählich von dem großen Zittern gepackt, das sich immer vor einem Rennen einstellte. Nach dem Essen kehrten sie zur Rennbahn zurück, um nach Stolz zu sehen. Len saß auf einem Hocker vor der Box und genoss die milde Abendluft.

„Alles ruhig“, berichtete er. „Ich habe gerade nach Stolz geschaut, er döst vor sich hin.“

Samantha und Aileen öffneten den oberen Teil der Tür und schauten hinein. Der schöne Fuchs schlief tatsächlich friedlich.

Mike legte Aileen einen Arm um die Schultern. „Ich glaube, wir sollten jetzt schlafen gehen, Aileen. Du siehst ziemlich fertig aus.“

„Ich bin auch ziemlich erledigt, aber ich weiß nicht, ob ich jetzt schlafen kann.“

„Es ist für uns alle an der Zeit schlafen zu gehen“, sagte Mr. McLean. „Tor und Yvonne, ich nehme euch zum Motel mit.“ Nachdem Beth abgereist war, wohnte Yvonne bei den McLeans. Tors Zimmer lag ein paar Türen weiter.

Samantha wälzte sich den größten Teil der Nacht ruhelos im Bett umher. Schließlich schlief sie ein paar Stunden, fühlte sich aber ziemlich zerschlagen, als sie am Morgen nach dem Frühstück zur Rennbahn aufbrachen.

Aileen und Mike hatten sich bereits vor der Box von Stolz eingefunden. Auf dem Rennbahngelände war bereits eine Menge los. Auch einige Reporter waren schon erschienen, andere hatten sich vor der Box von Lord Ainsley versammelt und unterhielten sich mit

Ken Maddock. Samantha führte Solz zu einem Spaziergang hinaus, bevor der Trubel zunahm. Tor und Yvonne begleiteten sie.

„So weit, so gut“, sagte Yvonne. „Bis jetzt habe ich Brad und Lavinia nicht gesehen.“

„Nein, aber ich bin sicher, sie tauchen bald auf. Sie lassen nie etwas aus, was ihnen Publicity bringt.“ Doch ihre Abwesenheit bereitete Samantha Unbehagen.

Bis zehn Uhr hatte Samantha Stolz abgewaschen, geputzt und wieder zurück in seine Box gebracht. Tor war weggegangen, um nach Sierra zu sehen, und Yvonne besorgte eine Daily Racing Form. Aileen kam zurück, um nach Stolz zu schauen. „Er macht wirklich einen ausgezeichneten Eindruck“, sagte sie, nachdem sie ihn eingehend inspiziert hatte. „Aber ich kann mir nicht erklären, wo Jilly steckt. Sie hat gesagt, sie würde rechtzeitig hier sein.“

„Vielleicht hatte ihr Flug Verspätung“, meinte Samantha.

„Mmm. Ich rufe mal am Flughafen an.“ Aileen eilte davon.

Einige Minuten später kam ein Reporter zur Box. „Ich habe gerade erfahren, dass es einen Jockeywechsel gibt“, sagte er zu Samantha.

Samantha schüttelte den Kopf. „Nein. Jilly Gordon reitet.“

„In der Starterliste von heute Morgen steht etwas anderes.“

„Das muss ein Fehler sein. Jilly wird rechtzeitig hier sein.“ Aber noch während sie das sagte, beschlich Samantha ein mulmiges Gefühl.

„Jemand scheint hier absichtlich Verwirrung stiften zu wollen“, sagte der Reporter und lief davon.

Mike, der gerade kam, hatte das Ende des Gesprächs mitgehört. „Was ist denn los?“ Als Samantha es ihm erklärte, runzelte er die Stirn. „Wo ist Aileen?“

„Sie erkundigt sich beim Flughafen. Wahrscheinlich hat Jillys Maschine Verspätung.“

Plötzlich kam Aileen um die Ecke gerast. „Mike!“, schrie sie. „Ich verstehe das nicht. Ich hab' gerade am Flughafen angerufen. Jilly war nicht auf der Passagierliste. Was geht denn hier vor? Jilly würde mich niemals hängen lassen. Sie hat sich sogar sehr auf dieses Rennen gefreut.“

„Einen Moment“, sagte Mike. „Bleib ruhig. Vielleicht hat sie eine andere Maschine genommen.“

„Aber hätte sie dann nicht Bescheid gesagt?!"

„Wir haben gestern Abend am Empfang des Motels nicht nach Nachrichten gefragt."

„Aileen!", rief eine Stimme hinter ihnen. „Jetzt hab' ich dich endlich gefunden." Sie alle drehten sich um und sahen Brad.

„Was meinst du damit, du hättest mich endlich gefunden?", fragte Aileen. „Ich war den ganzen Vormittag auf dem Gelände."

„Ich wollte dich schon gestern Abend erreichen. Es gibt ein Problem. Jilly kann nicht reiten. Ich musste einen Ersatz finden und weil ich dich nicht auftreiben konnte, habe ich selbst einen Jockey angeheuert."

Aileen riss den Mund auf. „Was?"

„Und das sagst du uns erst jetzt um elf, so kurz vor dem Rennen?", fragte Mike ungläubig.

„Ich hatte am Vormittag ein paar andere Termine", erwiderte Brad. „Ich konnte erst jetzt hierher kommen."

„Du hättest eine Möglichkeit finden können, Aileen zu informieren. Und du kannst nicht einfach einen Jockey engagieren ohne Aileens Einwilligung."

„Ich hatte keine andere Möglichkeit", entgegnete Brad gelassen. „Als ich sie gestern Abend nicht erreichen konnte, wollte ich nicht das Risiko eingehen, bis zum Morgen zu warten. Es gibt schließlich nicht viele Jockeys, die kurzfristig einspringen können."

„Und wen hat du engagiert?" Aileen funkelte ihn wütend an.

„Benny Alvero. Er ist schon für Townsend Acres geritten. Maddock und ich waren sehr zufrieden mit ihm."

„Benny Alvero?", rief Aileen ungläubig. „Er ist hier erst in ein paar Rennen geritten und davor habe ich noch nie von ihm gehört."

„Vielleicht nicht in diesem Land, aber er hat viel Erfahrung in Mexiko gesammelt."

„Wie lange reitet er schon in den Staaten?", fragte Mike scharf.

Brad zuckte die Schultern. „Seit ein paar Wochen. Aber das ist kein Problem. Er hat für Maddock schon ein paar Sieger geritten."

In Samanthas Kopf drehte sich alles. Warum machte Jilly plötzlich einen Rückzieher, ohne Aileen persönlich Bescheid zu sagen? Sie hatte das schreckliche Gefühl, dass mehr hinter der Geschichte steckte, als Brad ihnen sagte. Und dass er einen fast völlig unbekannten Jockey angeheuert hatte, war für Aileen ein Schlag ins Gesicht. Es war einfach unglaublich.

„Ich will einen anderen Jockey", sagte Aileen. „Einen Top-Reiter."

„Dafür ist es jetzt ein bisschen spät", erwiderte Brad. „Jetzt wirst du keinen mehr finden. Aber natürlich könntest du Stolz immer noch zurückziehen."

Mike hatte die Fäuste geballt und schien gleich auf Brad losgehen zu wollen. Aileen legte ihm eine Hand auf den Arm, um ihn zurückzuhalten. Samantha teilte Mikes Wut, aber sie wusste, eine Prügelei würde alles nur noch schlimmer machen. Auch Mike wurde das nun klar und er riss sich zusammen.

„Wir werden Stolz nicht zurückziehen", sagte Aileen. „Ich will Alvero sprechen."

„Ich bin sicher, Maddock kann dir sagen, wo du ihn findest. Nun, ich muss mich jetzt noch um andere Sachen kümmern." Brad drehte sich um und ging weg.

Aileens Stimme war voller Sarkasmus, als sie ihm nachrief: „Danke für deine Hilfe, Brad."

Brad ging weiter, als habe er sie nicht gehört.

„Verdammter Mistkerl!", knurrte Mike wütend. „Wenn ich dir nur irgendwie helfen könnte, Aileen. Ich kann nicht glauben, dass Jilly sich nicht irgendwie mit dir in Verbindung gesetzt hat."

„Ich rufe sie an. Ich kann das auch nicht glauben. Was mich am meisten wütend macht, ist, dass ich keine andere Möglichkeit habe, als Alvero reiten zu lassen. Brad weiß, dass ich selbst nicht reiten darf, weil ich die offizielle Trainerin von Stolz bin."

„Glaubst du, Lavinia und Brad haben von Alvero verlangt, dass er absichtlich verliert?", fragte Samantha.

„Das wäre illegal", sagte Mike. „Aber sie können dem Jockey natürlich bestimmte Rennanweisungen geben. Brad weiß, was Stolz mag. Er könnte Alvero sagen, er soll Stolz zurückhalten, was Stolz gar nicht gefallen wird."

„Die Jockeys hören nicht gern auf die Trainer", meinte Samantha.

„Richtig", erwiderte Aileen, „aber Alvero ist schon für Townsend Acres geritten. Brad war sein Boss. Aber jetzt will ich zuerst Jilly anrufen."

„Und ich erkundige mich im Motel, ob eine Nachricht gekommen ist", sagte Mike.

Die folgenden Stunden nahm Samantha nur wie durch einen Schleier wahr. Sie blieb bei Stolz und versuchte ihn so ruhig wie möglich zu halten, als immer mehr Leute vorbeikamen, um sich wegen des Jockeywechsels zu erkundigen. Samantha beantwortete die Fragen, so gut sie konnte.

Tor und Yvonne waren wie vor den Kopf geschlagen wegen Brads neuestem Manöver und leisteten Samantha bei der Bewachung der Box Gesellschaft. Aileen konnte Jilly telefonisch nicht erreichen, hinterließ aber eine Nachricht auf ihrem Anrufbeantworter und bat sie, sie an der Rennbahn zurückzurufen. Mike kehrte vom Motel mit der Nachricht zurück, dass Jilly am Abend zuvor zweimal am Empfang angerufen und darum gebeten hatte, Aileen auszurichten, sie möge sie zurückrufen, es sei dringend.

„Und wir haben uns nicht erkundigt am Empfang. Wir waren zu müde", sagte Aileen stirnrunzelnd. „Jetzt mache ich mir aber wirklich Sorgen. Es muss irgendwas passiert sein."

„Aber von Brad gab es keine Nachricht am Empfang", fügte Mike zornig hinzu. „Anscheinend hat er Alvero angeheuert, ohne dass er versucht hätte dich zu erreichen."

Irgendwie überraschte Samantha das nicht.

Samanthas Vater und Len kamen vorbei, als sie die Pferde von Whitebrook versorgt hatten. „Hast du schon mit Maddock gesprochen?", fragte Mr. McLean Aileen.

„Ja. Brad hat ihn erst heute Morgen über den Jockeywechsel informiert. Maddock sagt, Alvero ist ein passabeler Reiter, aber er bräuchte noch mehr Erfahrung. Maddock konnte nicht glauben, dass Brad ihn für Stolz ausgesucht hat. Brad hat es Maddock damit erklärt, dass er Alvero eine Chance geben wolle."

„Und um die Chancen von Stolz zunichte zu machen", ergänzte Samantha grimmig."

Aileen seufzte. „Mit Charlie hätte Brad nie sowas versucht. Er will mich reinlegen, nicht wahr?"

„Lass dich nicht gleich unterkriegen", sagte Mike zu ihr. „Gib Alvero im Führring klare Anweisungen. Du weißt, Stolz ist optimal vorbereitet auf das Rennen und du kannst darauf zählen, dass er sein Bestes geben wird."

Einige Minuten später erhielt Aileen einen Anruf von Jilly, aus Kalifornien. Sie lief ins Trainerbüro, um ihn entgegenzunehmen. Als sie ein paar Minuten später zurückkam, wirkte sie ziemlich niedergeschlagen.

„Jilly hat gerade die Nachricht abgehört, die ich auf ihrem Anrufbeantworter hinterlassen hatte", sagte Aileen. „Sie war im Krankenhaus. Craig ist gestern Nachmittag in Del Mar gestürzt. Sie dachten, es wäre ihm nichts passiert, aber als Jilly sich für die Fahrt zum Flughafen fertig machte, wurde er bewusstlos." Die anderen stöhnten auf, aber Aileen fuhr gleich fort: „Sie hat ihn sofort ins Krankenhaus gebracht und versucht mich zu erreichen. Als ich nicht zurückrief, hat sie im Rennbüro angerufen und sie gebeten, mich zu informieren, dass sie nicht reiten kann. Die Leute im Büro müssen es Brad gesagt haben, weil sie dachten, er würde es mir ausrichten." Aileen blickte finster drein.

„Jilly ist todunglücklich über das, was passiert ist. Sie ist sicher, dass wir noch einen Top-Jockey gefunden hätten, wenn wir gestern Abend noch etwas hätten unternehmen können."

„Wie geht's Craig?", erkundigte sich Samantha.

„Gott sei Dank ist es nichts Schlimmes. Es sieht so aus, als hätte er eine leichte Gehirnerschütterung, aber sie behalten ihn noch eine Weile zur Beobachtung im Krankenhaus."

„Du wirst Brad deine Meinung sagen, nicht wahr?", fragte Mr. McLean.

„Darauf kannst du Gift nehmen. Aber weil das Rennen in zwei Stunden anfängt, ist es spät, um noch etwas zu ändern."

Kapitel 15

Die Zuschauer standen dicht gedrängt am Zaun des von schattenspendenden Bäumen gesäumten Sattelplatzes, als sich das Teilnehmerfeld für das Whitney fertig machte. Viele Leute kamen von der Gedenkveranstaltung für Charlie und Samantha bemerkte, dass manche feuchte Augen hatten. Sie hörte auch einige Kommentare, als sie Stolz um den Ring führte, nachdem Aileen ihn aufgesattelt hatte.

„Charlie Burke wird sich nach diesem Rennen im Grab umdrehen. Was zum Teufel hat sich die Griffen dabei gedacht, Alvero als Jockey zu nehmen?"

Samantha war froh, dass Aileen diese Bemerkungen nicht hörte. Der Jockeywechsel beeinflusste auch die Meinung der Wetter. Lord Ainsley galt nun als Favorit, obwohl für beide dieselbe Quote galt, da sie als eine Meldung geführt wurden. Es hatte auch noch eine Spätmeldung gegeben – Super Value, ein Pferd, das im vergangenen Jahr Stolz geschlagen hatte. Super Value hatte neun Monate ausgesetzt, aber Samantha wusste, dass er eine ernsthafte Gefahr werden konnte, vor allem wenn Alvero nicht so ritt, wie Aileen es ihm einschärfte.

Samantha entdeckte Brad und Lavinia, die bei Lord Ainsley standen. Sie wirkten beide sehr selbstgefällig und leckten sich die Lippen wie zufriedene Katzen. Aileen hatte Brad zur Rede gestellt. Er hatte geschworen, dass er sie zu erreichen versucht habe, sie sich in ihrem Zimmer aber nicht gemeldet habe. Leider konnte ihm niemand das Gegenteil beweisen.

Aileen kam zu Samantha und Stolz, als sich die Jockeys in den Ring begaben und zu ihren Pferden gingen. Samantha fiel als erstes auf, wie jung Alvero war – aber das musste nicht unbedingt etwas Negatives bedeuten. Auch Jilly und Aileen waren noch recht jung und beide hatten schon viele Rennen gewonnen. Doch als Aileen begann dem Jockey eindeutige Anweisungen zu geben, fing Samantha an sich Sorgen zu machen. Zuerst schien der Jockey überhaupt nicht zuzuhören, dann murmelte er etwas in einem fürchterlichen Englisch mit starkem mexikanischen Akzent, so dass weder Aileen noch Samantha ihn verstanden. Samantha fragte sich, ob er überhaupt Englisch verstand. Sie wünschte, Yvonne wäre hier im Ring. Sie hätte ihn verstanden.

„Halten Sie ihn an der Spitze oder knapp dahinter", schärfte Aileen dem Jockey ein. „Geben Sie am Anfang der Gegengerade die Zügel nach. Wenn er das führende Bein wechselt, dann legt er richtig an Tempo zu."

Samantha warf einen Blick auf Stolz. Der fremde Reiter im Sattel schien ihn zu irritieren. Er schnaubte unbehaglich, aber Samantha beruhigte ihn. „Es wird alles gut, mein Junge", flüsterte sie. „Jilly konnte nicht kommen, aber du schaffst es auch mit einem anderen Jockey. Geh da hinaus und siege für Aileen … und für Charlie." Sie drückte ihm einen Kuss auf die Nase, was sie vor einem Rennen immer tat. „Ich glaube an dich, mein Junge."

Stolz schnaubte leise. Samantha führte Stolz mit Alvero im Sattel im Kreis, dann nahm Alvero die Zügel fester in die Hand, als sich das Feld auf den von Zäunen gesäumten Weg zubewegte, der zur Rennbahn führte. Samantha gab Stolz einen letzten Klaps, dann trat sie zur Seite, als die Jockeys mit den Pferden weiterritten.

Aileen kam zu ihr. „Hoffen wir das Beste", sagte sie. Dann eilte sie mit Mike, Mr. McLean, Tor und Yvonne zum Clubhaus. Tor setzte sich neben Samantha und legte ihr eine Hand aufs Knie.

„Was hältst du von dem Jockey?", fragte er besorgt.

„Ich glaube, er hat nicht mal die Hälfte vom dem verstanden, was Aileen ihm gesagt hat und er hat ihr auch überhaupt nicht richtig zugehört."

„Das hatte ich befürchtet."

„Und ich glaube nicht, dass er schon lange genug hier bei uns reitet, um etwas von Stolz oder seinen Eigenarten zu wissen", sagte Samantha.

Das Feld begab sich an den Start. Die Zuschauer waren unruhig und aufgeregt. Samantha gefiel es gar nicht, Alvero im Sattel von Stolz zu sehen, und Stolz schien sich wegen des fremden Reiters noch immer unbehaglich zu fühlen. Er begann unruhig zu werden, als das aus zehn Pferden bestehende Feld startbereit war.

Dann flogen die Türen der Startboxen auf. Schon nach zwei Galoppsprüngen sah Samantha, dass Alvero anderen Anweisungen folgte als denen, die Aileen ihm gegeben hatte. Sie fluchte leise, als sie sah, wie Alvero das große Pferd zurückzuhalten und sein Tempo zu drosseln versuchte. Der Rest des Feldes war flott unterwegs und ließ Stolz hinter sich. Lord Ainsley hatte sich hinter den beiden führenden Pferden eingerichtet, wo es ihm sichtlich gefiel. Stolz aber lief abgeschlagen am Ende und wölbte seinen Hals, versuchte sich gegen den Druck der Zügel zur Wehr zu setzen und sich mehr Freiheit zu erkämpfen.

„Costar hat gleich zu Beginn die Führung übernommen", verkündete der Sprecher. „Ihm folgt Orbital. Lord Ainsley ist knapp hinter ihnen. Phone Line ist vierter, dann kommen Mari's Pleasure, Redeemable, White Cross, Super Value. Als sie in den Clubhaus-Bogen einlaufen, bildet Wunders Stolz das Schlusslicht. Er liegt zehn Längen zurück!" Der Sprecher klang verwirrt. Samantha überraschte das nicht.

Tor nahm ihre Hand und drückte sie. Samantha wurde übel, als sie mitansehen musste, wie ihr geliebtes Pferd dazu gezwungen wurde das Rennen zu verlieren. Sie spürte förmlich die Verwirrung, die Stolz empfinden musste, als er Signale bekam, die so völlig anders waren als jene, die er früher immer erhalten hatte. Samantha hörte, wie Aileen stöhnte, und als sie zu ihr hinüberschaute, sah sie, dass sie vor Wut ganz weiß war im Gesicht.

Lord Ainsley lief sehr gut und steuerte auf die Kurve zu. Als das Feld die Gegengerade entlanggaloppierte, lag Stolz noch immer zehn Längen zurück und kämpfte um mehr Zügelfreiheit. Samantha fürchtete, dass Stolz, wenn Alvero schließlich die Zügel nachgeben würde, so durcheinander und unkonzentriert sein würde, dass er gar keine Aufholjagd mehr versuchen würde.

Samantha hätte am liebsten laut aufgeschrien. Oder Lavinia und Brad erwürgt dafür, dass sie Alvero Anweisungen gegeben hatten, die sogar zu einer Verletzung von Stolz führen konnten. Alveros Reitstil konnte Stolz mehr als nur dieses Rennen kosten. Der große Fuchs kämpfte so verbissen um mehr Zügelfreiheit und darum, zum Rest des Feldes aufzuschließen, dass er nach dem Lauf womöglich ein körperliches Wrack sein würde.

„Sie werden ihn ruinieren!“, rief Samantha. Tor drückte ihre Hand fester und starrte grimmig auf die Rennbahn. Offensichtlich teilte er ihre Befürchtungen.

Das Feld schwenkte in den Gegenbogen ein, und Stolz lag noch immer weit zurück. Alvero machte keine Anstalten, die Zügel zu lockern.

„Lord Ainsley startet seinen Angriff!“, verkündete der Sprecher. „Als sie in den Bogen kommen, rückt er außen an Costar und Orbital heran. Phone Line behauptet sich an vierter Position. Dann folgen Redeemable, Mari’s Pleasure ... aber auch Super Value legt jetzt zu, kommt in der Mitte mächtig auf! Wunders Stolz liegt noch immer zehn Längen zurück! Er läuft überhaupt nicht so, wie man es von ihm kennt. Das ist heute wirklich nicht sein guter Tag.“

Samantha stöhnte abermals. Aus der Zuschauermenge hörte sie jemand wütend rufen: „Was denkt sich die junge Griffen eigentlich? Ihn so laufen zu lassen! Die muss doch verrückt sein!“

Auch Aileen musste diese Bemerkung gehört haben und Samantha empfand tiefes Mitleid mit ihrer Freundin. Aileen wurde für Lavinias und Brads unverantwortliches Handeln gescholten.

Dann verschlug es Samantha den Atem. Stolz hatte jetzt von Alveros Taktik genug. Gerade als Samantha dachte, dass nun alles verloren sei, warf Stolz seinen wunderschönen Kopf energisch nach vorn. Er riss mit einem Ruck an den Zügeln, so dass sie durch Alveros Hände glitten und zerrte am Gebiss. Samantha stieß einen Freudenschrei aus, als Stolz nun endlich frei war und mit mächtigen Sätzen vorwärtsstob, wie von einer Kanone abgeschossen.

Plötzlich vibrierte die Stimme des Sprechers vor Aufregung. „Hier kommt Wunders Stolz! Er fliegt förmlich über die Bahn. Mit jedem Satz verkürzt er den Abstand. Als sie aus dem Bogen kommen, zieht Lord Ainsley mühelos an Costar und Orbital vorbei, aber Wunders Stolz legt mächtig zu! Auch Super Value. Das ist das Rennen, das wir uns gewünscht haben!"

Die Zuschauer stöhnten auf, vor Erleichterung und Erregung gleichermaßen. Stolz zog an den Pferden vorüber, als würden sie still stehen. Samantha wusste, wozu Stolz in der Lage war, aber selbst für sie war sein Ausbruch unfassbar. Die Menge johlte begeistert und feuerte ihn an.

Stolz kam als vierter aus dem Bogen und überholte noch immer ohne Mühe die anderen Pferde. Alvero war nicht viel mehr als ein Passagier auf seinem Rücken. Aber Lord Ainsley lag noch immer um mehrere Längen in Front und Super Value rückte in der Mitte des Feldes nach vorn.

„Komm schon, Stolz!", kreischte Samantha, als Stolz nach der Kurve noch einmal an Tempo zulegte. Lord Ainsleys Jockey warf nie einen Blick nach hinten, um zu sehen, ob ihn jemand herausforderte. Offensichtlich ging er davon aus, dass Stolz keine Gefahr für ihn darstellte. „Le Blanc wird eine Überraschung erleben", murmelte Samantha mit Genugtuung.

„Am sechzehnten Pfosten hat Lord Ainsley zwei Längen Vorsprung!", rief der Sprecher. „Wunders Stolz holt auf der Außenbahn auf. Wunders Stolz zieht außen vorbei! Der große Fuchs hat die Führung übernommen und zieht davon! Le Blanc greift zur Peitsche. Alvero scheint nichts mehr tun zu müssen. Super Value rückt auf die dritte Position! Sie kommen ins Ziel! Lord Ainsley kämpft tapfer, aber Wunders Stolz vergrößert seinen Vorsprung! Jetzt gehen sie durchs Ziel! Wunders Stolz gewinnt mit zwei Längen Vorsprung! Dann Lord Ainsley und Super Value mit einer weiteren Länge Rückstand. Der Rest ist weit abgeschlagen. Nach einem rätselhaften Start hat Wunders Stolz eine unglaubliche Leistung gezeigt und einen überwältigenden Sieg errungen!"

Alle waren aufgesprungen und jubelten. „Hast du sowas schon mal gesehen?", rief Samantha.

„Nein", antwortete Aileen, die fast außer sich war vor Aufregung. „Ich kann's kaum glauben. Nach allem, was Lavinia und Brad ihm zugemutet haben, schlägt er ihr Pferd! Ihre Gesichter möchte ich jetzt sehen."

„Ich hoffe nur, er hat sich nicht überanstrengt", sagte Mike.

Sie liefen alle hinunter zur Bahn. Ein Begleitreiter eilte zu Stolz und Alvero und sie trabten zum Siegerkreis. Alveros Gesichtsausdruck war schwer zu deuten, aber er wirkte irgendwie benommen.

Besorgt um Stolz eilte Samantha zum Begleitreiter und nahm von ihm die Zügel entgegen. Aileen und Mike folgten ihr. Stolz keuchte heftig und sein kupferfarbenes Fell war schweißgebadet. Samantha hatte ein mulmiges Gefühl, als sie Stolz weiter führte. Auch Aileen und Mike studierten sorgfältig seine Bewegungen. Doch obwohl ihm der Schweiß herablief, schien sich Stolz frei und ohne Anstrengung zu bewegen. Er schonte sein früher verletztes Vorderbein nicht, was Samanthas größte Befürchtung gewesen war. Aber nach der Vorstellung, die er geliefert hatte, und insbesondere nach dem Stress, als er gegen seinen Willen zurückgehalten worden war, musste er völlig erschöpft sein. Abermals hatte Samantha den Wunsch, Lavinia und Brad den Hals umzudrehen!

Sie nahm den Kopf des jungen Hengstes zwischen die Hände und liebkoste zärtlich seine Nase, während sie, Aileen und Mike Stolz in den Siegerkreis geleiteten. Obwohl er müde war, hielt Stolz den Kopf hochgereckt und spitzte die Ohren, als er den Jubel der Menge hörte. Samantha wurde warm ums Herz, als sie ihn so sah. Sie bemerkte, dass Alvero finster dreinblickte, als er abstieg und den Sattel abnahm, um ihn zum Wiegen zu bringen. Er murmelte ein paar zornige Worte vor sich hin. Weder Aileen noch Samantha konnten ihn verstehen, aber Yvonne war inzwischen zu ihnen gekommen, und nachdem Alvero gegangen war, übersetzte sie ihnen seine Bemerkung. „Er hat gesagt 'Warum zum Teufel haben sie gesagt, ich soll ihn zurückhalten? Ich hätte ihn dadurch ruinieren können. Sowas Verrücktes!'"

„Dieser Kommentar gibt mir ein bisschen Munition", sagte Aileen grimmig. Die Zuschauer versammelten sich um den Siegerkreis, der in Saratoga aus einem Kreidekreis auf dem Rasen bestand hatte. Samantha strich zärtlich über den Hals von Stolz. „Du hast heute eine absolut unglaubliche Leistung geboten, mein Junge. Ich bin so stolz auf dich. Du hast's ihnen gezeigt!"

Stolz wieherte zum Dank. Er keuchte noch immer und Samantha runzelte einen Augenblick besorgt die Stirn. Sie würde ihm eine ganz besondere Behandlung angedeihen lassen, wenn er wieder in seinem Stall war – er würde eine kühlende Dusche, einen langen Spaziergang, eine schöne Massage und ein üppiges Festmahl bekommen.

Alvero kehrte zurück und Stolz wurde für das Siegerfoto wieder gesattelt, als Lavinia und Brad in den Ring kamen. Lavinias Blick zu Aileen war tödlich.

Aileen redete so laut, dass Lavinia und Brad sie hören mussten. „Ich glaube, wir haben hinterher etwas zu besprechen", sagte sie. „Es geht um eine Sache, für die sich die Rennleitung interessieren dürfte – eine kleine Sache, die Renn-Manipulation heißt."

Samantha sah, dass Lavinias arrogante Selbstsicherheit für einen Augenblick erschüttert schien. Aber schnell zauberte sie ein Lächeln auf die Lippen, als sie sah, dass der Kameramann des Fernsehens in ihre Richtung schwenkte. Sie trat neben Stolz. Samantha biss die Zähne zusammen, als sich Lavinia für das Fernsehen in Szene setzte. Dann tat Stolz etwas, das Samantha bei ihm noch nie erlebt hatte. Als ihm Lavinia über den Hals streichen wollte, legte er die Ohren an und bleckte warnend die Zähne.

Lavina zuckte entsetzt zurück. Ihr aufgesetztes Lächeln wich einem komischen, ängstlichen Gesichtsausdruck. Samantha konnte sich nur mit Mühe ein Lachen verkneifen. „Guter Junge", flüsterte sie.

Rasch eilte Brad hinüber und nahm Lavinias Arm. Er tat so, als sei sie übernervös und er sie beruhigen müsse. „Gehen wir", sagte er. „Nach all dem, was passiert ist, musst du nicht unbedingt auf diesem Foto sein."

„Wir unterhalten uns dann später!", rief Aileen fröhlich. Dann nahm sie ihren Platz neben dem Kopf von Stolz ein, zusammen mit Samantha. Sie hob die Stimme, damit auch alle Zuschauer mitbekamen, was sie sagte. „Heute Nachmittag", begann sie, „hat die Rennbahn von Saratoga dankenswerterweise eine Gedenkveranstaltung für Charlie Burke ausgerichtet, einen wunderbaren Menschen und Trainer. Er hat mir alles beigebracht, was ich weiß. Charlie habe ich den Erfolg von Stolz zu verdanken. Und durch seinen heutigen Sieg hat Stolz, glaube ich, gezeigt, dass er ein wahrer Champion ist. Das ist die beste Würdigung für Charlie, für seine Klugkeit und sein Talent. Du fehlst uns allen sehr, Charlie."

Samantha legte die Wange an den Kopf von Stolz und als die Menge heftig applaudierte, lächelte sie durch den Schleier aus Tränen, der sich über ihre Augen gelegt hatte. Sie wusste, dass Charlie, wenn er ihnen zuschaute, auch lächeln würde – nicht nur wegen des berauschenden Sieges von Stolz. Wieder einmal hatte Aileen einen Triumph errungen, obwohl Lavinia und Brad alles daran gesetzt hatten, ihr alles zu vermasseln.